AF271886

**Kelebek Verlag**

**Fantastische Geschichten**

# Fabelhaft

# und

# Drachenstark

### Drachenwelten-Anthologie

**Impressum**

© Mai 2019 Kelebek Verlag - Anthologie

Autoren und Illustratoren: im Anhang

Cover: MysticArtDesign

Lektorat: Carolin Olivares

Kelebek Verlag, Inh. Maria Schenk, Franzensbaderstr. 6, 86529 Schrobenhausen

ISBN 978-3-947083-21-3

Druck und Vertrieb BoD

Bibliografische Information der Deutschen Nationalbibliothek

Die Deutsche Nationalbibliothek verzeichnet diese Publikation in der Deutschen Nationalbibliografie; detaillierte bibliografische Daten sind im Internet über http://dnb.d-nb.de abrufbar.

# Inhaltsverzeichnis

# Die Sache mit August

## von **Holger Beirant**

Leon saß gerade an seinen Schulaufgaben, als über ihm etwas raschelte. Verwundert blickte er hoch. Er nahm an, dass es sich um eine Maus handelte. Aber dann sah er einen grünen Schwanz, der vom Regal herunterhing, und wurde stutzig. Er nahm all seinen Mut zusammen und stieg auf den Stuhl.

Was war das? Ein kleiner Drache, ungefähr so groß wie ein Kaninchen, hockte zwischen den Büchern. Leon wollte ihn herunterholen oder ihn zumindest näher anschauen. Aber der kleine Kerl wich vor ihm zurück und stieß einen Feuerstrahl aus. Da stieg Leon wieder vom Stuhl herunter. Etwas überrascht, aber keineswegs ängstlich, stand er vor dem Regal und sah nach oben.

Der Drache war grün und hatte rote Augen, Leon dagegen hatte grüne Augen und rote Haare. Der Feuerstrahl war nicht stark gewesen, eher wie die Flamme aus dem Feueranzünder, den Papa für den Grill benutzte. Der Drache wich noch weiter zurück, bis er hinten an der Wand kauerte. Der Schwanz baumelte immer noch herunter. Leon wollte ihn doch nur streicheln. Wer hatte schon einen Drachen im Kinderzimmer?

Doch wo kam der überhaupt her? „Du bist ein dummer August!", entfuhr es ihm. *Ein guter Name*, dachte er im nächsten Moment. Dann stürzte er aus dem Zimmer, um seine Mutter zu holen. „Siehst du, siehst du?", rief er völlig außer Atem. Mit Herzklopfen zeigte er auf das Regal. „Ein Drache!"

Seine Mutter seufzte, sah ihn an, verdrehte die Augen. „Mach deine Hausaufgaben", ermahnte sie ihn.

„Siehst du ihn denn nicht?"

„Nein, Leon Winterfeld, da ist nichts. Hör auf mit dem Quatsch und setz dich wieder an den Schreibtisch!"

Mit diesen Worten verließ sie das Zimmer. Als sich die Tür hinter seiner Mutter schloss, stand er da mit offenem Mund. Sie hatte den Drachen nicht gesehen. Wie war das möglich? August saß weiterhin völlig unbeteiligt auf dem Regal und glotzte herunter. Also setzte Leon sich wieder hin und starrte auf seine Notizen. Es war schon ziemlich spät. Er musste mit den Hausaufgaben vor dem Abendessen fertig werden, denn danach würde Michi kommen. Wäre das nicht toll, wenn er und Michi mit dem Drachen spielen könnten?

Die Hausaufgaben waren schnell erledigt. Nur ein paar Vokabeln, die Leon superschnell lernte. Das war schon immer so gewesen. In Englisch war er richtig gut.

Nach dem Abendessen, er hatte sich gerade den Mund abgewischt, klingelte es schon an der Tür. Michi war etwas früher dran, weil er eine Frage zum Deutschaufsatz hatte. Leon war auch in Deutsch richtig gut. Frau Rath, seine Lehrerin, sagte zu seinen Aufsätzen immer, dass er unheimlich viel Fantasie hätte.

Leons Herz klopfte, als er sagte: „Du rätst nie, was ich Neues habe", und dabei langsam die Kinderzimmertür aufschob.

Michi trat ins Zimmer, schaute sich um, drehte sich ein zweites Mal, warf ihm dann einen fragenden Blick zu. „Ich weiß nicht, was du meinst. Dein Schreibtisch, dein Bett, dein Regal, dein Kleiderschrank … Was gibt es denn sonst noch?"

„Oben auf dem Regal!"

Michi legte den Kopf in den Nacken. „He-Man? Den kenne ich doch schon", erwiderte er und schaute Leon verständnislos an.

„Siehst du sonst nichts?"

Michi schüttelte den Kopf. „Nein."

Leon war ratlos. Seine Mutter konnte den Drachen nicht sehen und Michi genauso wenig. Sein Freund hatte auf dem Regal nur He-Man entdeckt, August aber nicht. Dabei war der Drache deutlich zu erkennen, obwohl er klein war.

Die ganze Zeit hockte er da und ließ den Schwanz herunterbaumeln. Mit einem Auge betrachtete er die beiden Jungen, ohne sich zu rühren.

Michi fragte ihn schon etwas zu Deutsch, aber Leon starrte weiter auf das Regal. Schließlich setzte er sich zu Michi an den Tisch und erklärte seinem Freund, was er wissen wollte. Danach spielten sie mit Leons neuer Eisenbahn, bis sein Papa den Kopf durch die Tür steckte.

„Es wird langsam dunkel", sagte er. „Kommt zum Ende. Okay?"

Bald darauf verabschiedete sich Michi. Nun war Leon wieder allein mit August. Der Drache schien bereits zu schlafen. Später, im Bett, schaute er noch lange zu August hinauf, bis auch er ins Reich der Träume hinüberglitt.

* * *

Schule war in den nächsten Tagen langweilig, aber Leon ging gern hin. Er hatte in den meisten Fächern gute Noten, seine Eltern waren ziemlich stolz auf ihn. Am liebsten mochte er Mathematik, er fand Mathe leicht. Sein schlimmstes Fach war Biologie. Er lernte immer, aber aus irgendeinem Grund konnte er es sich nicht merken. Kärtchen halfen nicht, Nachhilfe brachte nichts. Er stand auf Vier. Sein Vater hatte gedroht, dass es kein neues Fahrrad zum Geburtstag geben würde, wenn in Bio nicht mindestens eine Drei herauskäme. Aber eine gute Zensur in Bio war für Leon unerreichbar, so sehr er sich auch anstrengte.

* * *

Heute schrieb die Klasse einen Test in Bio. Leon hatte unruhig geschlafen, war früher als sonst wach und setzte sich im Bett auf. August döste wohl noch, jedenfalls waren beide Augen geschlossen. Leon rutschte auf den Bettrand und seufzte. Die Angst kroch in ihm hoch. Er ging an seinen Schreibtisch, auf dem noch die Bio-Sachen lagen. Viele Male hatte er sich den menschlichen Kreislauf angesehen, die Organe aufgeschrieben. Aber es war wie immer. Er schaute auf die Graphiken in seinem Buch und es kam ihm so vor, als würde er sie zum ersten Mal sehen. Voller Verzweiflung kratzte er sich am Kopf. Dann überkam ihn eine weitere Welle der Angst. Das Fahrrad konnte er sich abschminken. Vielleicht gab es Fernsehverbot. Sein Vater würde schimpfen.

Als es oben im Regal raschelte, schaute er hin. August lugte herunter, dann spie er Feuer – ein paar Mal hintereinander. Das hatte er noch nie getan. Sonst lag er nur ruhig da. Leon betrachtete ihn. Das Feuerspeien wirkte überhaupt nicht gefährlich. Eine ganze Weile schaute er einfach nur zu, weil sein Drache etwas Neues machte und ihn damit von seiner Angst ablenkte.

Und dann – waren sie da! Kopfschmerzen. Schlimme Kopfschmerzen. Leon griff sich an die Stirn, ihm wurde etwas schwindelig. In diesem Moment öffnete jemand die Tür. Seine Mutter wollte ihn wecken. Erstaunt blickte sie ihn an, wie er am Schreibtisch saß und sich den Kopf hielt.

„Guten Morgen!", sagte sie leise. Dann trat sie ins Zimmer.

„Kopfweh?"

Leon nickte.

„Bio-Test?", fragte sie.

Wieder nickte Leon.

„Hast du gelernt?"

Leon nickte noch einmal.

„Lass mal fühlen", erwiderte seine Mutter und legte ihre Hand auf seine Stirn. „Brütend heiß. Marsch ins Bett", befahl sie. Schnell holte sie das Thermometer. „Sechsunddreißig acht", erklärte sie verwundert, befühlte wieder seine Stirn. Ziemlich ratlos ging sie schließlich aus dem Zimmer, wahrscheinlich um Doktor Müller anzurufen.

Bald darauf verließ Leon mit seiner Mutter das Haus. Die Praxis von Dr. Müller befand sich ganz in der Nähe. August flog hinter ihnen her. Leon bemerkte, dass der Drache dabei aus der Puste kam.

Er und seine Mutter mussten nicht lange warten, da wurden sie auch schon aufgerufen. Als er auf dem Behandlungsstuhl saß, fühlte er sich schon besser und baumelte mit den Beinen. August war hinter ihnen in das Sprechzimmer geflogen, hockte nun auf dem Stuhl neben ihm. Leon wagte es nicht, den Drachen anzufassen.

„Wie geht es dir, Leon?", fragte der Arzt.

„Gut", antwortete er, „bis auf Bio."

Doktor Müller lachte kurz auf. Dann fühlte er Leons Stirn, sah auf das Thermometer, dann zu seinem Patienten. „Alles okay", erklärte er. „Was ist los?"

Leon seufzte tief. „Wir schreiben heute Bio."

„Willst du zu Hause bleiben?"

„Ich habe gelernt, aber ich glaube, ich weiß nichts mehr."

Doktor Müller lächelte ihn an. „Hast du Angst?", fragte er.

Leon nickte. In diesem Augenblick kam Leben in August. Der Drache stieß einen Feuerstrahl aus. Sofort bekam Leon wieder Kopfschmerzen.

Er spürte, dass er puterrot wurde und musste sich anlehnen, weil ihm schwindelig war.

Der Arzt fühlte noch mal seine Stirn. „Wow!", sagte er. „In der Tat, so heiß wie bei Fieber." Dann sah er Leon eindringlich an. „Also eine Bio-Allergie. Du musst keine Angst haben. Du schaffst das."

Zögernd nickte Leon. Er merkte, dass die Farbe aus seinem Gesicht wich. Der Doktor fühlte seine Stirn, es war wohl alles wieder normal. „Mach dich nicht verrückt", gab er Leon beim Hinausgehen mit auf den Weg. „Geh und schreib eine gute Zensur. Sag dir, dass du das kannst." Dann schloss er die Tür des Behandlungszimmers.

„Ich kann das, ich habe keine Angst", sagte Leon zu seiner Mutter, als sie die Praxis verließen.

„Nun, dann aber marsch in die Schule. Wir sind spät dran."

Sie eilten nach Hause, Leon packte seine Sachen und machte sich zügig auf den Weg.

\* \* \*

Bio war gleich in der ersten Stunde. Leon saß an seinem Platz und knetete an seinem Kugelschreiber. August hockte vor ihm auf dem Tisch. „Ich habe keine Angst, ich kann das", sagte er zu seinem Drachen.

14

Daraufhin wendete August sich von ihm ab und sprang auf den Nachbartisch zu Sabine. Dort stieß er einen Feuerstrahl aus, dann hüpfte er auf den nächsten Tisch. Leon wollte etwas sagen, aber wenn eine Arbeit geschrieben wurde, mussten alle still sein. Der Test war einfach. Stück für Stück kam die Erinnerung zurück. Als die Lehrerin begann, die Zettel einzusammeln, war er gerade fertig.

Sabine stöhnte: „Das war echt schwer und ich hatte plötzlich tierische Kopfschmerzen. Den Test habe ich bestimmt verhauen. Ich hatte auch solch eine Angst."

Sabine schien den Drachen nicht gesehen zu haben. *Vielleicht,* so dachte Leon, *ist es doch meine Fantasie, die mit mir durchgeht.*

Nach dem Unterricht hatte Leon es eilig, August folgte ihm nicht. Zu Hause angekommen ging er sofort in sein Zimmer. August saß auch nicht im Regal.

Die Tür wurde geöffnet, seine Mutter stand vor ihm. „Wie war Bio?", fragte sie.

„Ganz okay", antwortete er.

Offensichtlich zufrieden ging sie wieder ins Wohnzimmer. Er hockte weiter am Schreibtisch und starrte vor sich hin. August blieb verschwunden. In diesem Moment wurde ihm etwas klar. Nicht nur sein Drache war weg, sondern auch seine Angst vor Bio. Sonst spürte er immer einen Druck auf dem Magen, wenn er nur an das Fach dachte. Das war jetzt nicht mehr der Fall. Ob es da einen Zusammenhang gab?

\* \* \*

Am Nachmittag kam Tante Agathe zu Besuch. Seine Mutter und seine Tante tranken Kaffee. Leon nippte an seinem Kakao.

16

Tante Agathe sah sehr niedergeschlagen aus. „In der Firma ist so viel los. Es ist unheimlich anstrengend. Wir haben die Technik umgestellt. Damit komme ich einfach nicht zurecht. Ich könnte sogar meinen Job verlieren. Nun hat auch noch der Vermieter angekündigt, dass meine Wohnung saniert werden soll. Wenn die Miete steigt, muss ich vielleicht umziehen."

„Ja", stimmte seine Mutter ihr zu, „es sind schwierige Zeiten."

Tante Agathe nickte. Und dann geschah es. Seine Tante zog ihre Tasche zu sich auf den Schoß, wohl um ein Taschentuch zu suchen. Als sie mit dem Wühlen fertig war, flogen drei kleine Drachen heraus und setzten sich auf den Tisch.

Leon kniff die Augen zu, machte sie wieder auf. Kein Zweifel! Da hockten drei Drachen, die alle aussahen wie August, nur etwas kleiner. Tante Agathe und seine Mutter schienen nichts bemerkt zu haben. Er wollte etwas sagen, starrte aber weiter nur auf die unerwarteten Gäste, die sich hinter der Handtasche versteckten und gelangweilt aussahen.

Leon überlegte. August war weg, dafür waren jetzt die Neuen da, die aber weder seine Mutter noch seine Tante sehen konnten. In diesem Moment fiel es ihm wie Schuppen von den Augen.

Die Sache mit Bio! Während August bei ihm gewesen war, hatte Leon immer dann Kopfschmerzen gehabt und manchmal Fieber bekommen, wenn er Angst gehabt hatte. August hatte dann einen Feuerstrahl ausgespuckt. Gerade hatte seine Tante ihre Ängste geschildert. Sie fürchtete sich vor der Technik, ihren Job zu verlieren und vor einer Mieterhöhung. Deshalb saßen jetzt *drei* Drachen auf dem Tisch. Leon kapierte es. Drachen tauchten immer dann auf, wenn Menschen Angst hatten. Genau in diesem Augenblick, wo ihm das klar wurde und die Tante sich schnäuzte, stießen die kleinen Drachen einen Feuerstrahl aus. Leon fuhr zurück. Das passte.

„Was ist los?", fragte seine Mutter.

„Nichts", antwortete er hastig.

„Oh, ich habe Kopfschmerzen, schon wieder", stöhnte seine Tante. „Mir ist ganz schwindelig."

„Leg dich kurz auf das Sofa", schlug seine Mutter vor.

Tante Agathe stand auf und wankte zum Sofa.

„Leon hatte das heute Morgen auch", sagte seine Mutter. Sie klopfte der Tante leicht auf die Schulter, um sie zu beruhigen. „Es ging aber schnell vorbei."

Leon nahm rasch einen Keks. Bevor er das Zimmer verließ, drehte er sich noch einmal um und sagte: „Du musst keine

Angst haben. Es gibt für alles eine Lösung. Dann bist du schnell wieder okay."

Seine Tante lachte schwach. Die Drachen saßen faul neben ihrer Handtasche.

Leon schloss die Wohnzimmertür hinter sich. „Mit Kopfschmerzen, Drachen und Angst kenne ich mich aus", flüsterte er. „Und außerdem habe ich unheimlich viel Fantasie – sagt Frau Rath."

# Ein Drache auf Reisen

## von **Hanna Bertini**

„Du musst hier mal raus, Erdén!" Frido, mein Freund, der schillernde Flugdrache, hüpft vor mir auf und ab.

Ausgestreckt auf meinem Plüschsofa öffne ich unwillig ein Auge. In dieser kleinen Pause vom Kartoffelacker umgraben drehen sich meine Gedanken gerade um eine riesige Sahnetorte. Das ist gemütlich. *Du musst hier mal raus,* klingt dagegen echt anstrengend. „Wieso?", gähne ich.

„Mal was anderes sehen, Urlaub von der Gartenarbeit und den Alltagspflichten. Neue Länder, Sonnenuntergänge, exotisches Essen", zählt Frido auf.

„Drachenherrgott nochmal, mir geht's doch gut", murre ich.

Aber Frido lässt nicht locker. „Los, los, ich sage dir, Reisen öffnet den Kopf und das Herz."

„Du hast gut reden", platzt es aus mir heraus, „zwei Minuten geflogen, schon eine Ländergrenze erreicht. Und ich: Tagelang wandern, bergauf, bergab, nur um mal einen Nachbarn zu besuchen. Für Erddrachen ist Reisen kein Zuckerschlecken."

„Quatsch! Komm, ich trage dich", drängelt Frido.

Mit einer Landkarte wedelt er so nah vor meinem Gesicht herum, als wollte er mir Luft zufächeln. Lieb von ihm.

Wirklich. Man will seinen Freund ja nicht enttäuschen. Also frage ich: „Was ist der Plan?"

„Blumeninsel", schwärmt er, „ein Farbenmeer von Blüten, freundliche Drachen, leckeres Essen." Vor Freude spuckt er ein kleines Feuerwerk. „Du musst nix tun, alles schon gepackt." Er wartet. Als ich zögere, setzt er nach: „Mit einem Freund zu reisen, ist viel schöner als allein."

*Recht hat er damit schon*, denke ich. Langsam stehe ich auf und binde meinen Schal um. Meine Mutter sagt immer: „In jeder Lebenslage Schal bleibt erste Wahl!" Dann folge ich Frido widerwillig zum Startplatz der Flugdrachen.

Dort schnallt er sich eine Art Rucksack um, in dem ich Platz nehme. Schon läuft er über die Startbahn und hebt ab. Wahnsinn! Ich kralle mich fest, luge vorsichtig nach links und rechts. Eine kribblige Angelegenheit ist das. Beeindruckend, wie sicher Frido uns zwischen den Wolken hindurch-manövriert. Von hier oben sehen die Bäume aus wie Brokkoli. Mit zittrigen Fingern ziehe ich meinen Schal enger um den Hals. Gottseidank, habe ich den um, denn es ist echt kalt.

Im nächsten Moment schiebt sich ein hoher Turm zwischen die Wolken: das *Flugdrachen-Resort-Spa*, kurz – unser Hotel.

Frido hat das Beste ausgewählt, was die Blumeninsel hergibt. Das schmale Gebäude erinnert an eine Glasröhre. In jeder Etage befindet sich nur ein riesengroßes Zimmer, mit Fenstern rundherum – ganz luftig und hell. Jederzeit kann man von innen den herumschwirrenden Drachen zuwinken oder die Schiebefenster für einen kleinen Plausch öffnen. Es herrscht ein einziges Kommen und Gehen an dem Turm – wie in einem Bienenstock mit all dem Gewimmel.

Frido drückt auf einen kleinen schwarzen Kasten, eine der Schiebetüren öffnet sich geräuschlos. Schon landen wir inmitten einer dieser lichtdurchfluteten Ebenen. Wow! Sehr edel die Möbel. Helles Leder, chromblitzende Stuhlgestelle, Glastische. Fridos schmale, elegante Statur fügt sich wunderbar ein. Das Zimmer und Frido – wie ein Stillleben in einem Gemälde. Gut, dass ich mich selbst nicht sehen kann. Schwer und tapsig komme ich mir vor und bezweifle, dass mein dicker brauner Pelz ebenso gut passt. Egal. Frido hat sich so viel Mühe mit meiner ersten Reise gegeben. Ich will mich gern von seiner Fröhlichkeit anstecken lassen.

„Wie gefällt es dir?" Er strahlt.

„Es ist unglaublich luftig", antworte ich, drehe mich um meine Achse und weise auf das Panorama: die Berge, teils schneebedeckt, teils bewaldet, dazwischen saftige Wiesen. Hin und wieder blicken Drachen durch die Fenster, mustern uns neugierig oder heben die Pfote.

Frido grüßt alle freundlich zurück, bevor er sich auf das Sofa fallen lässt. „Was meinst du, Erdén? Was machen wir zuerst? Baden, Ausflug, Essen?"

„Am liebsten würde ich erst mal ankommen", murmele ich.

„Wie meinst du das? Wir sind doch da", entgegnet Frido erstaunt.

Meine Schultern zucken automatisch. Ehrlich, ich kann nichts dagegen tun.

Frido guckt ratlos. „Dann Essen", seufze ich ergeben.

Frido fliegt uns einige Etagen tiefer in das Restaurant. Stimmengewirr empfängt uns, alle lachen und reden durcheinander. An einem Tisch mit acht Drachen nehmen wir Platz. Erst loben alle die Adlerkrallen als besondere Leckerei, dann fangen sie an, von ihren Reisen zu berichten. Ich lerne, dass man die Insel Tofu und ihre Klippen unbedingt gesehen haben muss, dass die Tempel von Teriyaki beeindruckend groß und prachtvoll sind. Der weiße Strand von Seitan scheint alle Strände der Welt zu überstrahlen. Und die Drachen dort: Ganz anders als hier, soviel ursprünglicher und gastfreundlicher.

Unbehaglich rutsche ich auf dem Stuhl hin und her. Ein Tampas-Törtchen nach dem anderen landet in meinem Mund. *Hoffentlich richtet niemand das Wort an mich*, bete ich im Stillen. Vergeblich. Ein Drachenmädchen mit interessantem lila Glanz auf ihren Schuppen schaut immer wieder neugierig herüber.

Unvermittelt unterbricht sie ein Gespräch und fragt mich: „Wohin verreist man denn so als Erddrache?"

Ein dicker Kloß in meinem Hals sitzt sehr fest. Hilfesuchend schaue ich zu Frido, doch der ist mit einer hübschen Hellgrünen zu seiner Linken beschäftigt. *Also, wir Erddrachen verreisen eigentlich gar nicht*, will ich schon sagen, doch dann rutscht mir heraus: „Nach Wasabi, das ist einer meiner bevorzugten Reiseorte. Die Landschaft ist der Hammer, die geschwungenen Hügelketten erinnern mich immer an, an …" Mist, was habe ich über Wasabi gelesen? Verzweifelt suche ich in meinem Kopf nach einem Stichwort.

„Ja, an Matcha", schaltet sich ein kleiner blau schimmernder Drache ein. „Damit wird es oft verglichen. Obwohl ich persönlich Matcha als etwas rauer empfinde, weniger lieblich, wenn ihr wisst, was ich meine."

„Genau!" Erleichtert nicke ich. „Ich mag es etwas sanfter." Dabei lassen sie es zum Glück bewenden und sind schon bald gedanklich in Dim Sum.

Später, nach einem kleinen Ausflug zu einer berühmten Drachenburg, liegen wir am Pool und ich erfahre, was Flugdrachen so alles schätzen. Sie lassen sich zum Beispiel von hohen Bergen fallen und klappen ihre Flügel erst in letzter Minute aus, um den freien Fall zu erleben. Oder sie tauchen mit interessanter Ausrüstung richtig tief im Meer, um Nixen zu besuchen. Alles sehr beeindruckend. Schnell schließe ich die Augen und tue so, als würde ich schlafen. Nicht, dass mich noch jemand nach meinem Lieblingssport fragt. Keine Ahnung, was ich dann sage. Kochen und lesen? Oh weh, das geht doch nicht.

Die Hitze macht mich noch wahnsinnig. Während die Sonne die Schattierungen und Farbnuancen der Flugdrachen zum Glänzen und Glitzern bringt, klebt mein sonst sehr fluffiges, kuscheliges Fell fies an meiner Haut. Mein Bauch juckt, dann meine Beine, als Nächstes meine Arme. Unter meiner Liege hat sich eine Pfütze gebildet. Mein Schweiß? Wie peinlich. Nichts wie weg, bevor es jemand bemerkt! Schon springe ich auf und stupse Frido an, der gerade in ein Gespräch verwickelt ist.

Hastig erkläre ich ihm, dass ich mal kurz aufs Zimmer muss. Lieb wie er ist, fliegt er mich hoch.

Und da sitze ich nun. Aus meinem Gepäck krame ich ein Buch, aber ich finde keine Ruhe, mit all dem Schwirren rundherum vor der Fensterfront. Schließlich klappe ich es wieder zu und starre in die Luft. Das führt zu noch mehr Unruhe vor den Fenstern. Sind es Flugdrachen nicht gewöhnt, dass jemand nur daliegt und in die Luft guckt? Einer hängt direkt vor meinem Fenster und zeigt auf mich. Daraufhin kommt ein weiterer mit fragendem Gesicht, dann noch einer und noch einer. Alle schwirren sie vor mir wie überdimensionierte Kolibris. Sie stoßen sich gegenseitig an, zeigen auf mich, bedeuten mir, die Tür zu öffnen.

Mir reicht es, das ist nichts für mich. Ich stehe auf und schaue mich um. Da entdecke ich, dass es doch einen Weg für Fußgänger in diesem Turm gibt, eine sehr enge und versteckt liegende Wendeltreppe in der Mitte des Raumes. Auf den ersten Blick sieht sie aus wie eine Regalwand mit Tür. Die ist wohl für die Drachenspinnen, die in diesem Hotel unauffällig hinter den Gästen herräumen und die Bäder putzen. Sie können nicht fliegen. Richtig! Die Spinnen huschen die Treppe hoch und runter.

Vielleicht finde ich am Ende der Treppe ein kuscheliges Plätzchen zum Lesen oder wenigstens einen kleinen Raum für mich allein. Mein Buch unter den Arm geklemmt, mache ich mich vorsichtig zwischen den Spinnen hindurch an den Abstieg. Sie sind sehr diskret und tun so, als wäre ich gar nicht da. Ziemlich angenehm. Stufe um Stufe laufe ich tiefer und tiefer. Wann nimmt denn dieser Turm ein Ende? Zahlen an den Treppenabsätzen zeigen mir, in welchem Stockwerk ich mich befinde. Das hilft. Sonst würde ich mich ständig verzählen. Schließlich gelange ich ins Erdgeschoss, wo sich das Restaurant befindet.

Keine gemütlichen Ecken weit und breit, aber vielleicht gibt es so etwas im Keller, der sich eine Etage tiefer befinden muss. Und so ist es. Die Treppe, eben noch aus Holzstufen, besteht jetzt aus rauem Beton, hier und da mit Farbspritzern. Während bislang die riesigen Fenster überall dafür sorgten, dass noch Lichtfetzen bis ins Treppenhaus dringen, wird es nun schnell dunkler. Sicher bin ich mittlerweile unter der Erdoberfläche. Ich nehme mein Buch noch etwas fester unter den Arm und laufe weiter.

Langsam, ermahne ich mich, sonst stolpere ich in der Dunkelheit noch über die Drachenspinnen.  die emsig die

Stufen hoch- und runterkrabbeln. Weiter oben trugen sie Handtücher und Bettwäsche, hier unten schleppen sie große Tabletts und Schüsseln mit Essen, dazu Flaschen erlesenen Weines. Hier scheint es noch wichtiger, niemanden anzurempeln. Nicht auszudenken, wenn den Spinnen das ganze Zeug herunterfällt. Manche zischen mich tatsächlich unwirsch an.

Die Treppe ist nicht für dicke Drachen wie mich ausgelegt. Das kann ich jetzt leider nicht ändern. Türen gehen zu verschiedenen Kammern ab. Hinter der ersten höre ich es klappern. Wohl die Küche! Leise husche ich hinter einer Spinne her, doch es stinkt verdammt nach Käse. Das vertreibt mich gleich wieder.

Schließlich endet die Treppe, der Weg führt durch einen Torbogen aus Ziegeln. Riesige Weinfässer und Hunderte von Flaschen lagern in Regalen. Neugierig taste ich mich vor. Meine Nase kribbelt. Im Licht der funzeligen Glühbirnen kann ich erkennen, dass der Keller deutlich größer ist als die Ebenen darüber. Immer wieder biege ich um eine Ecke. Minutenlang laufe ich geradeaus. Schließlich stolpere ich hinter einem der Regale in einer Nische über zwei Stühle. Na, die haben wohl auf mich gewartet – und ich auf sie!

Zeit für mein patentes Klappmesser mit der kleinen Lampe. Das ziehe ich aus der vorderen rechten Hosentasche. Das Licht genügt gerade so zum Lesen. Also setze ich mich auf einen der Stühle, die Füße stütze ich auf den anderen und schlage mein Buch auf. Keine Spinne weit und breit. Ruhe.

Schon macht sich mein Held auf den Weg in eine Schlacht. Er muss seine Freundin retten, sein Land und noch das ein oder andere. Ich rutsche tiefer auf dem Stuhl. Mitten im Schlachtgetümmel ertönt ein Schrei, laut, durchdringend und zum Gotterbarmen. Wow. Das ist mal ein lebendig geschriebenes Buch. Da höre ich noch einen Schrei, diesmal lauter. Moment mal, der gehört nicht zum Buch. Irgendetwas hier unten im Keller vom Resort-Spa-schieß-mich-tot heult, als ginge es um sein Leben.

So kann ich nicht lesen. Seufzend klappe ich mein Buch zu. Von wo kommt das bloß? Eine verirrte Drachenspinne? Ich tapse los. Immer dunkler wird es, je weiter ich laufe. Da hilft mein kleines Licht nicht viel. Eigentlich bin ich an der Kammer schon vorbei, die so dunkel ist, dass man darin gar nichts erkennt. Dann wird mir klar: Darin ist *es*. Langsam lasse ich den Lichtpunkt meiner Taschenlampe kreisen, bis ich auf ein Auge treffe. Es funkelt böse.

„Kann ich helfen?", frage ich vorsichtig. Sicher nicht der beste Anfang für eine neue Bekanntschaft.

Mein Lichtkegel wandert weiter. Da ist noch ein Auge, da ein Maul. Sieht aus wie ein Drache. Keine Ahnung, was für einer. Er sitzt auf dem Boden und hält sich sein Bein.

„Verschwinde von *hierrr!*"

Wow, das ist ein beeindruckendes Grollen. Nur einen Bruchteil davon beherrsche ich, obwohl ich schon seit vier Jahren übe.

„Was ist denn los?", versuche ich noch mal mein Glück. „Ich bin übrigens Erdén", füge ich schnell hinzu.

Oh weh, ich sehe sein Problem. Der Arme hängt mit seinem Fuß in einem Schwanenhals fest. Fiese Fallen, die wir Erddrachen für Ratten benutzen. Offensichtlich machen die das hier auch so.

„Moment, die Dinger kenne ich." Aus meiner linken Hosentasche fummele ich mein zweites Taschenmesser heraus. *Ein Messer im Haus erspart den Arzt, den Monteur und den Zimmermann!* Ist so ein alter Spruch bei uns. Deshalb habe ich immer eine Auswahl meiner Schätzchen dabei. „Halt mal!" Ich drücke dem Grimmigen mein Buch in die Hand und schraube so schnell ich kann den Schwanenhals auseinander. Das scheint seine Stimmung zu heben.

„Gregor", brummelt er und dann mit Blick auf mein Buch: „*Dragomirs Reisen*, das wollte ich immer schon mal lesen."

„Zeig mal deinen Fuß." Ich nehme das Beutelchen mit den Heilkräutern ab, das ich immer um den Hals trage und lege es auf seine fiese Quetschung. Mit meinem Taschentuch binde ich es fest. „Besser?", frage ich. Dann greife ich nach meinem Buch. „Kann ich dir gern leihen, wenn ich durch bin", schiebe ich hinterher.

„Das alles bloß, weil ich mal einen Moment meine Ruhe haben wollte." Gregor tastet den Boden hinter sich ab. „Die haben den Schwanenhals auf diesen Stuhl gelegt. Das machen sie bestimmt, damit die Drachenspinnen keine Pause einlegen", sagt er kopfschüttelnd. „Und ich dachte noch: Wie bequem, ein Stuhl für meine Füße."

„Hier ist mehr Licht." Ich lasse den Leuchtkegel über den Boden gleiten.

„Ich war gerade mitten in der Schlacht um Mordor." Er hebt sein Buch auf und pustet den Staub vom Umschlag. „Da ging auch noch meine Kerze aus." Seufzend setzt er sich wieder in den Ohrensessel, den jemand ungemütlich in Plastik verpackt hat. „Solche Abenteuer kann ich gar nicht leiden." Dann schaut er ins Regal hinter sich und greift nach der Kerze, die umgefallen ist. „Mist, mit abgebrochenem Docht wird das nichts mit Lesen.“

„Verstehe. Gibt's hier noch so einen Sessel?“, erwidere ich. Tatsächlich, hinter Gregor steht einer. Den ziehe ich heran und platziere ihn neben meinem neuen Freund. „Mein Licht reicht für uns beide.“ Ich stelle mein Taschenlampen-Messer ins Regal hinter uns und lächele Gregor aufmunternd zu.

Er nickt anerkennend, knufft mich leicht in den Oberarm. *Aua!*

Na ja, andere Drachen, andere Sitten.

Zufrieden lassen wir uns in die Sessel sinken und schlagen unsere Bücher auf.

# Naturtalent

von **Sarah Drews**

Der Boden bebte bei jedem Schritt. Ein Brüllen zerriss die Stille des Waldes. Bäume knickten um wie Streichhölzer. Hubertus umklammerte seinen Bogen. Er würde den Drachen töten. Sein Blick fixierte die verwundbare Stelle. Er spannte die Sehne … und verzog. Ehe er reagieren konnte, riss der Drache sein Maul auf und spie Feuer.

\* \* \*

*GAME OVER* stand in leuchtenden Buchstaben auf dem Bildschirm.

„Sag mal, spinnst du?", fauchte Pete.

Lou musterte ihn mit einem unschuldigen Gesichtsausdruck. Pete verzog die Lippen zu einem Strich, schnappte sich das Kissen, mit dem sie ihn gerade beworfen hatte, und pfefferte es auf sein Bett.

„Wie wäre es, wenn du dich mit mir beschäftigen würdest, statt den ganzen Tag zu zocken?", fragte Lou und klimperte mit den Wimpern.

„Wenn es dir nicht passt – da ist die Tür." Er wandte sich von ihr ab, um sich wieder seinem Spiel zu widmen.

Lou stöhnte. Seit Pete das neue *Dragon-Hunter* auf PS-4 besaß, war sie abgeschrieben. Wütend verschränkte sie die Arme vor der Brust und starrte aus dem Fenster. In diesem Moment fiel eine Sternschnuppe vom Himmel.

„Ich wünschte, du würdest mich so beachten wie dein dämliches Spiel", brummte sie.

„Hast du was gesagt?", fragte er nach einer gefühlten Ewigkeit.

„Idiot!" Sie schüttelte den Kopf, als sich das Zimmer mit einem Mal vor ihren Augen zu drehen begann. Alles verschwamm. Erschrocken griff sie nach Petes Arm. „Was …?" Um sie herum wurde es schwarz.

„Lou?" Von weit her drang Petes Stimme in ihr Unterbewusstsein.

„Noch fünf Minuten", murmelte sie und drehte sich auf die Seite.

In der nächsten Sekunde saß sie aufrecht. Irgendetwas hatte sie gepiekt. Ungläubig schaute sie auf die Äste und Blätter, die den gesamten Boden bedeckten.

„Endlich. Ich dachte schon, ich würde dich nie mehr wachkriegen. Los, wir müssen hier weg", zischte Pete in ihr Ohr.

Bevor sie etwas erwidern konnte, packte er ihre Hand, zog sie hoch und rannte mit ihr im Schlepptau durch den Wald. Immer wieder stolperte sie, schon nach kurzer Zeit brannte ihre Lunge. Irgendwann schob er sie unsanft in eine dunkle Felsspalte. Keuchend blieb sie stehen.

„Was … was ist hier los", fragte sie.

„Das wüsste ich auch gern", fluchte Pete. „Eben sind wir noch in meinem Zimmer. Ich spiele, du kneifst mir in den Arm und im nächsten Moment sind wir mitten im Spiel."

„Du verarschst mich."

„Garantiert nicht", brummte er. Seine Augen funkelten wütend. „Die *Quest* habe ich schon den ganzen Abend gespielt. Ich kenne jeden Baum, jede Wurzel, jede Felsspalte in diesem Areal. Gleich …" Der Boden begann zu vibrieren. „Mist, er ist schon da." Erschrocken blickte Lou auf. „Wer ist da?"

„Der Drache. Darum geht es doch in dem Spiel. Hast du mir überhaupt mal fünf Minuten zugeschaut?" Unsanft schob er sie an den Rand der Öffnung.

Genau in dieser Sekunde verschwand eine der Baumkronen aus Lous Blickfeld und landete mit einem lauten Krachen auf dem Boden.

„Glaubst du mir jetzt?", fragte er.

Die Lücke gab den Blick auf den Kopf eines Drachen frei. Seine Augen leuchteten glutrot, bildeten einen deutlichen Kontrast zu seinem schuppigen, schwarzen Panzer.

Als er das Maul öffnete, stolperte Lou vor Angst nach hinten und landete auf dem Hintern. Ihr Herz klopfte wie verrückt. Geradezu hypnotisiert starrte sie auf die spitzen Zähne. Der Drache stieß ein markerschütterndes Brüllen aus.

„Das muss ein Traum sein", murmelte sie vor sich hin. „Sternschnuppen erfüllen keine Wünsche. Ein Traum, nur ein Traum ..."

Sie verstummte, als Pete sie in den Arm kniff. „Wenn das ein Traum ist, solltest du jetzt eigentlich aufwachen. Und nun sei leise, sonst entdeckt er uns."

Unsanft zerrte er sie hoch und weiter hinein in die Felsspalte. Lou zitterte am ganzen Körper. *Bitte lass ihn uns nicht finden,* flehte sie im Stillen und schloss die Augen.

\* \* \*

„Er ist weg." Sie spürte, wie Pete lockerließ. Dann packte er sie an den Schultern. „Jetzt will ich eine Erklärung. Was meintest du damit: *Sternschnuppen erfüllen keine Wünsche?*"

Lou öffnete den Mund. Doch ohne ein Wort zu sagen, schloss sie ihn wieder. Hatte sie das laut gesagt?

„Ja … ich höre!", fauchte Pete.

Sie schluckte. Stockend versuchte sie, ihm etwas zu erklären, was sie selbst nicht genau verstand.

„Du willst mir also sagen …" Er raufte sich die Haare. „Das kann ich nicht glauben." Voller Wut stampfte er mit dem Fuß auf und ließ sie los.

„Mal angenommen …!", begann Lou. Wie sehr ihre Stimme bebte, hörte sie selbst. „Mal angenommen, wir sind wirklich in deinem Spiel." Sie schluckte laut. „Wie kommen wir wieder raus?"

Petes Lippen verzogen sich zu einem Strich. „Ich würde behaupten, indem ich die *Mission* abschließe, eine *Mission*, bei der ich schon den ganzen Abend gestorben bin", teilte er ihr in unfreundlichem Ton mit.

Lou riss die Augen auf, ihr Herz raste. „Was ist, wenn du wieder stirbst?"

„Daran will ich gar nicht denken", stöhnte Pete. „Falls du eine Idee hast, die uns nicht noch mehr in die Scheiße reitet – immer raus damit." Er deutete auf seinen Rücken, auf dem ein Langbogen und ein Köcher mit zehn Pfeilen hing. „Mehr haben wir nicht. Und es gibt nur eine Schwachstelle in seinem Panzer, direkt unter dem Kopf."

„Warum hauen wir nicht einfach ab?", fragte Lou.

„Weil die *Mission* angenommen wurde."

„Kann man sie nicht abbrechen?"

„Du hast wirklich null Ahnung!" Er klang wütend. „Das ist der *Haupt-Quest*, den kann ich nicht abbrechen."

„Musst du ihn töten?", erkundigte sich Lou.

„Das versuche ich schon den ganzen Abend herauszufinden." Er legte eine Pause ein. „Stell dir eine Welt vor wie die Erde, nur eben magischer. Mein Charakter muss die Welt vor einem bösen Zauberer retten. Gerade befinde ich mich in einem Dorf, in dem jemand lebt, der mir weiterhelfen kann. Das Problem ist, dass ich nicht rein kann und er nicht raus, denn der Drache, den du da draußen gesehen hast, greift seit einiger Zeit das Dorf an. Niemand weiß, warum er nach über hundert Jahren seine Höhle verlassen hat, in der er friedlich gehaust hatte. Auf jeden Fall muss ich ihn aufhalten, damit ich ins Dorf komme."

„Hast du den Drachen schon mal gefragt?", warf Lou ein.

Er rollte mit den Augen. „Das ist ein Rollenspiel. Da kämpft man und redet nicht wie bei Barbie. Ach egal. Du hast dich ja noch nie dafür interessiert. Pass jetzt auf!"

Sein intensiver Blick jagte Lou Angst ein.

„Du bleibst hier. Rühr dich nicht vom Fleck. Ich jage diesen Drachen", fuhr er fort.

Er drückte ihr einen flüchtigen Kuss auf die Lippen und verließ dann die Felsspalte. Lou starrte ihm hinterher, während sie versuchte, das Durcheinander in ihrem Kopf zu ordnen.

*Gerade eben waren wir noch in seinem Zimmer und jetzt?*, überlegte sie. *Das ist doch völlig verrückt.* Ein lautes Fauchen riss sie aus ihren Gedanken. Voller Panik lauschte sie – Totenstille. Nicht einmal Vögel oder das Rauschen des Windes waren zu hören. Hatte der Drache womöglich …? Ihre Knie zitterten wie Espenlaub. Das alles war ihre Schuld. Sie musste zu Pete.

Schritt für Schritt näherte sie sich der Öffnung. Ihr Herz pochte lautstark, als sie sich angsterfüllt hindurchquetschte. Kein Drache war zu sehen. Für einen kurzen Moment machte sich Erleichterung in ihr breit, als sie feststellte, dass Pete ebenfalls nicht zu sehen war. Aber dann sackte ihr Herz in die Kniekehlen. Sie versuchte zu schlucken, aber ihr Hals fühlte sich an wie ausgedörrt. „Pete?", krächzte sie.

Keine Antwort. Ihr Blick schweifte hektisch umher. Da entdeckte sie Fußspuren. Zwei führten zur Höhle, eine führte von ihr weg. Ohne weiter nachzudenken, setzten sich ihre

Beine in Bewegung. Erst langsam, dann verfiel sie in einen Trab. Immer wieder rief sie seinen Namen, erhielt aber keine Antwort. Nach einiger Zeit war sie sich nicht mehr sicher, ob sie überhaupt noch in die richtige Richtung lief.

Bereits am Waldrand hatte sie seine Spur verloren. Sie spürte, dass sich ihr Fuß in einer Wurzel verfing, da prallte sie auch schon auf den Boden und stöhnte vor Schmerz auf. Beide Knie bluteten. Mit dem Saum ihres Shirts wischte sie den Dreck aus der Wunde.

„Shit", fluchte sie und rappelte sich hoch. Als sie aufblickte, stockte ihr der Atem. Wieso war ihr das nicht vorher aufgefallen?

Nur wenige Meter vor ihr tat sich eine Lichtung auf. Am anderen Ende stand der Drache. Hinter einem Felsen sah sie Petes blonde Mähne. Dort hatte er sich also versteckt. Sie versteckte sich am Rand der Lichtung hinter einem Busch und spähte hervor. Was sie sah, gefiel ihr nicht.

Der Drache saß vor seiner Höhle, den Kopf zum Rücken gedreht. Offensichtlich versuchte er, mit den Zähnen etwas zu schnappen. Pete nutzte die Gelegenheit, sprang aus seinem Versteck und legte den Bogen an.

„Nein!" Ein Schrei durchbrach die Stille. Es dauerte eine Weile, bis ihr klar wurde, dass sie geschrien hatte.

Der Pfeil flog über den Drachen hinweg. Der hatte schon von seiner Schulter abgelassen und sein Maul geöffnet. Der Schrei ließ ihn in der Bewegung erstarren. Er legte den Kopf schräg und beobachtete sie.

„Nimm den Bogen runter", rief Lou ihrem Freund zu.

Darauf bedacht, keine schnelle Bewegung zu machen, setzte sie vorsichtig einen Fuß vor den anderen. Aus dem Augenwinkel nahm sie wahr, dass Pete zwar mit dem Kopf schüttelte, den Bogen aber absenkte. Je näher sie dem Drachen kam, umso tiefer rutschte ihr das Herz in die Hose. Obwohl sie Blut und Wasser schwitzte, hielt sie seinem Blick stand. Als sie nahe genug herangekommen war, schaute sie einmal schnell zu der Stelle am Rücken des Drachen. Der kurze Blick genügte.

*Hab ich doch richtig gesehen*, stellte sie zufrieden fest. Sie biss die Zähne zusammen, der Drache sollte ihre Angst nicht bemerken. Als sie nur noch wenige Schritte entfernt war, blieb sie stehen. Deutlich roch sie den stinkenden, heißen Atem in ihrem Gesicht. Voller Ekel schluckte sie.

*Können Drachen sprechen?,* fragte sie sich. „Ehem! Hi … hallo, Herr Drache."

Sie hörte, wie Pete aufstöhnte und bemerkte, dass er sich mit der Hand an die Stirn schlug. Prompt vergaß sie ihre Angst und wurde wütend.

Gerade wollte sie Pete etwas an den Kopf werfen, da sagte der Drache: „Molnadridius."

„Molna…, was?", fragte Lou. Vor Aufregung verschluckte sie sich an ihrer eigenen Spucke und musste husten.

„Ach, nenn mich einfach Molly", erwiderte der Drache. „Du kleiner Mensch hast also keine Angst vor mir?"

„Ja …nein …" Lou atmete tief ein. „Eigentlich schon, aber ich möchte verhindern, dass unnötig Blut vergossen wird."

„Unnötig?" Molly beugte ihren Kopf nach unten, sodass Lou direkt in ihr riesiges Auge sehen konnte. „Also ich nenne es Selbstverteidigung."

Lou nickte schwach, Molly kam noch dichter heran.

„Nenn mir einen Grund, warum ich dich nicht mit einem Haps verspeisen sollte und gleich danach deinen Freund. Immerhin wollte er mich töten."

Unkontrolliert zitterte Lous Arm, als sie ihn langsam hob und mit dem ausgestreckten Finger auf Mollys Rücken zeigte. „Deswegen."

Der Ausdruck in Mollys Augen veränderte sich von wachsam zu neugierig. „Ich höre, Mensch!"

„Pete erzählte mir, dass du seit vielen Jahren friedlich in deiner Höhle hausen würdest. Schon seit Stunden versucht er, herauszukriegen, warum du sie verlassen hast. Und ich glaube, dass dich dieser braune Klumpen auf deinem Rücken quält."

Molly stöhnte auf. „Ja, diese Schmerzen! Zeckwürmer sind für Drachen das Schlimmste. Sie wühlen sich mit ihren scharfen Fangzähnen durch unsere Panzer und saugen uns die Magie aus. Deswegen ging ich zum Dorf. Ich allein komme einfach nicht ran an die Stelle."

„Du greifst also nicht zum Spaß an", stellte Lou fest. „Es ist so, dass du Hilfe brauchst."

„Ja", hauchte Molly.

Lou wandte sich an Pete. „Kannst du den Wurm töten?"

Zögernd nickte er und hob den Bogen.

* * *

Als Lou zu sich kam, saß sie neben Pete auf dem Sofa. Mit weit aufgerissenen Augen umklammerte er das Gamepad und starrte auf den Bildschirm. Sie folgte seinem Blick. Kein *GAME OVER*. Stattdessen lief eine Sequenz, in der ein Drache in seine Höhle zurückkehrte.

„Wow, wie geil war das denn!", rief sie und rückte dichter an ihren Freund. „Ich verstehe nur nicht, warum du nicht schon früher darauf gekommen bist. Du kennst dich doch mit Drachen und Rollenspielen *sooooo* gut aus."

Pete legte das Gamepad zur Seite. „Ja, und in jedem anderen gottverdammten Spiel hätte ich den Drachen töten müssen."

„Genau davon rede ich doch. Nur weil es in *jedem anderen gottverdammten Spiel* so ist, muss es hier nicht der Fall sein. Wo steht schließlich geschrieben, dass Drachen automatisch Killer sind?" Sie grinste. „Und jetzt lass mich mal ran. Ich glaube, ich bin ein Naturtalent."

# Daniel und die Anderen

von **Ulrike Eisel**

*Wollen Sie die Gruppe wirklich verlassen?* Das Handy blinkte warnend.

„Ja, verflixt!" Unwillkürlich hatte Daniel laut gesprochen. Entschieden klickte er den Menüpunkt an und schaltete danach das Handy sofort aus.

Scheinheiliges Bedauern der anderen brauchte er nicht. Lisas Geburtstag würde ohne ihn stattfinden. Lisa gefiel ihm zwar sehr und, klaro, wer konnte mit fünfzehn Jahren schon behaupten, auf einer Poolparty gewesen zu sein. Noch dazu bei diesem Klassemädchen, Star unter Sternchen, angebetet und beneidet ohne Ende von weiblichen und männlichen Followern.

*Aber ausgerechnet ein Pool*, dachte er. Die Galerie der Peinlichkeiten, die da in seiner Fantasie zur Vernissage rief, hätte ein Kunstmuseum gefüllt.

In der WhatsApp-Gruppe ihrer Freunde überschlug man sich geradezu mit Vorschlägen für ach-so-lustige Geschenke und Partygags. Die Jungs sollten sich als Mädels verkleiden und umgekehrt. Natürlich kam auch der Vorschlag, er sollte sich doch Zöpfchen flechten lassen.

Genervt schüttelte Daniel sein langes Haar. Wie kindisch! Manchmal kam er sich uralt und weise vor. Diese blöde Frisurenidee war die Gelegenheit gewesen, beleidigt die Gruppe zu verlassen. Egal, er war gern allein. Nur eben – Lisa …

Es würde andere Lisas in seinem Leben geben. Daniel holte sein E-Klavier aus der Zimmerecke und setzte die Kopfhörer auf. Eigentlich übte er lieber an dem alten Stutzflügel, den seine Mutter mit ihrem ersten ersparten Geld gekauft hatte, aber das störte die Nachbarn. Chopin ging immer, aber nicht zehnmal am Tag, und der Sozialbau war hellhörig.

„Mamutschka", flüsterte er. Damals, als er mit ihr ein neues Leben in Deutschland anfangen musste, hatte er ihre Strenge nicht verstanden. Die fremde Sprache hatte ihren Alltag bestimmt, russisches Fernsehen war verboten gewesen. Ganz schnell sollte er lernen, in der Grundschule mitzuhalten. Heute dachte er, dass sie einen Schlussstrich ziehen wollte unter die Zeit in Russland, aber auch unter die Zeit mit seinem Vater, von dem sie nie sprach.

„Daniel, magst du Zimthörnchen?", rief sie jetzt aus der Küche.

„Aber immer!" Er liebte diese süßen Plätzchen – eine kleine Erinnerung an die alte Heimat.

Ja, die Sache mit den Traditionen! Dass er Schach und Klavierspiel lernte, hatte vielleicht auch etwas damit zu tun. Schach war Hobby geblieben; die Musik aber, später besonders der Jazz, war sein bester Freund geworden in diesen ersten harten Jahren. Durch sie konnte er all seine verborgenen Gefühle ausleben. *Alles ist gut,* sagte er sich. Zur Bestätigung schlug er einen Akkord an.

*I scream, you scream*, meldete sich sein Handy.

Sara, oh nein! Dass dieses *Blümchenkleid-Träumerle* überhaupt fähig war, ein Handy zu bedienen, überraschte ihn dann doch. *Na gut, ich habe heute meinen sozialen Tag*, dachte er und berührte den grünen Hörer.

„Was is'?" Zu mehr Freundlichkeit konnte er sich nicht durchringen.

„Tut mir leid, wenn es gerade nicht passt. Mir ist es auch unangenehm." Nanu, Sara klang ja ganz souverän. „Ich habe eine Bitte", fügte sie hinzu.

„Schieß los, ich bin in Eile." Hoffentlich wollte sie nicht über seine Kritik an dieser unsäglichen Fantasy-Geschichte reden, die sie heute in Deutsch vorgelesen hatte.

Die Lehrerin hatte die Idee super gefunden, er aber hatte den Text heftig zerrissen.

Dieses *Fabelwesengetue* passte nicht zu einer von Computern gesteuerten Welt.

„Du hast doch heute in Mathe neben mir gesessen."

Ach, die leidige Teamarbeit. *Toll, ein anderer macht's* und der andere hieß in Mathe meist Daniel. Allerdings war heute die entscheidende Idee tatsächlich von Sara gekommen.

„Mir muss beim Kramen nach dem Rechner ein Anhänger in deine Tasche gefallen sein, anders kann ich mir sein Verschwinden nicht erklären. Es ist so ein silberner chinesischer Glücksdrache. Kannst du mal nachschauen?"

„Moment!" Das war ja kein Kraftakt, er half ja eigentlich gern. Er wühlte in seiner Laptoptasche und – richtig! Ein kleiner, verspielt lachender Drache mit grünen Jadeaugen lugte zwischen seinen Fingern hervor. „Ich habe ihn. Soll ich dir das Teil am Montag mitbringen?"

„Wir sehen uns doch morgen auf Lisas Party. Ich bin so froh, er ist für mich irre wertvoll. Daniel, du bist ein Schatz." Und schon war wieder Stille im Handy.

Einen Augenblick lang fühlte Daniel sich völlig überrumpelt. Sara hatte seinen Austritt aus der Gruppe offensichtlich nicht mitgekriegt. Schnell versuchte er einen Rückruf, aber vergeblich. Was nun? Ging er nicht hin, würde sie behaupten, er wolle das Teil behalten. Ging er hin, drohte der Pool der Peinlichkeiten. Klassisches Dilemma. Shit! Konnte er sein Hirn denn nie ausschalten?

* * *

So fand er sich am folgenden Abend vor Lisas Gartentür, ohne Zöpfchen, ohne Röckchen; der Quatsch war ihm zu albern. *Sara den Drachen geben und gut!* Er steuerte auf den Pool zu, um den sich schon eine laut lachende und schwatzende Horde seltsam gekleideter Menschen scharte.

„Da bist du ja, wie schön!" Sara kam auf ihn zugelaufen.

Irgendwie schlug sein Herz im Takt ihrer schnellen Schritte. So fremd sah sie aus und so gut in dem silberfarbenen Smoking. Auf dem Kopf trug sie einen Zylinder, der etwas schief saß. Scharf!

„Hey, Daniel! Keine Zöpfchen?" Bierseliges Krakeelen riss ihn aus seinen Gedanken.

Schon leicht unsicheren Schrittes kam der Klassenclown Markus auf ihn zu gesegelt, die Arme vorgestreckt, als wollte er die Begrüßung brüderlich vollstrecken.

„Lass es, Markus!" Daniels Hand umschloss schon den Drachen. „Ich bin nur wegen Sara hier."

„Wer nicht zopft, der tropft." Kichernd vor Begeisterung über den eigenen Witz schoss Markus überraschend schnell vor, packte Daniel am Shirt und stieß ihn grölend in den Pool.

*Das ist das Ende. Wie lächerlich, wie erbärmlich*, dachte Daniel, als sich das kühle Wasser über ihm schloss. Verzweifelt ruderte er mit Armen und Beinen, der Luftmangel brannte in seiner Lunge. Er wollte schreien, verlor seine letzten Reserven. Vorbei, vorbei …

Ein heller Glitzertraum zog an ihm vorüber, grüne Augen flammten auf, lange Krallen umschlossen seine Schultern. Er spürte festen Halt unter sich, einen langen Körper, der sich schützend um ihn legte. *Seit wann treten Engel als Drachen auf?* grübelte er.

Unter langen Wimpern zwinkerte ihm ein riesiges Auge freundlich zu. *Nur dann, wenn ein arrogantes Kerlchen ohne Seepferdchen im Schwimmerpool ertrinkt. Gummientchen gab es gerade nicht.* Der Drache zeigte grinsend sein beeindruckendes Gebiss.

Offensichtlich konnte dieses Wundertier Gedanken lesen. Seltsam, Daniel fühlte weder Angst noch Luftnot. *Warum bin ich gleich arrogant, wenn ich nur nichts mit dieser Party zu tun haben will? Das sind eben nicht meine Leute!*

Er warf seinem Retter einen wütenden Blick zu.

*Du bist ganz sicher, dass du keine Vorurteile hast? Hast du dir jemals die Mühe gemacht, die anderen genauer kennenzulernen?* Ein leicht bedrohliches Zischen begleitete die Worte des Drachen, obwohl Daniel ihn nur in seinem Kopf hörte.

*Nicht wirklich. Na ja, jetzt ist es wohl zu spät,* erwiderte er in Gedanken. Ein wohliges Gefühl der Geborgenheit breitete sich in ihm aus. Er wollte jetzt nicht mehr diskutieren, nur schlafen. Es war wunderbar.

*Nix da! So einfach schleichst du dich nicht aus dem Leben. Du hast eine Aufgabe. Finde sie!* Ein heftiger Stoß in seine Rippen begleitete die aufmunternden Worte.

* * *

Luft, Luft! Hustend und prustend gab er das letzte Wasser von sich. Dann nahm er seine Umgebung wieder wahr, als Erstes die pitschnasse Sara, nun ohne Zylinder, dafür mit Tränen der Erleichterung in den Augen.

Hinter ihr tauchte das entsetzte Gesicht von Markus auf. „Entschuldige, das wollte ich nicht. Was bin ich doch für ein Idiot", stammelte er.

„Alles okay, Daniel?" Besorgt sah Sara ihn an.

„Ja, ja, schon gut. Ich bin nur völlig von der Rolle." Er fühlte sich wie aus dem Sonnensystem gefallen.

Sara runzelte die Stirn. „Du hast ihn gesehen."

Daniel nickte schweigend, jedes Wort wäre zu viel gewesen.

„Geht ins Haus, da liegen trockene Klamotten und Handtücher. Zum Glück ist nichts passiert." Lisas gut gemeinte Ratschläge unterbrachen den magischen Moment.

Im Wohnzimmer fiel sein erster Blick auf einen riesigen Konzertflügel. Ein Traum! Alles war vergessen. Wie hypnotisiert begann er zu spielen. Da spürte er Saras Wärme im Rücken.

„Kennst du Adele?"

„Natürlich!" Er spielte ein Lied von ihr.

„*Hello from the outside* ..." Klar und kraftvoll erfüllte Saras Stimme den Raum.

Als sie aufhörte und anfing zu lachen, wurde ihm bewusst, wie verblüfft er sie anstarrte. „Du bist großartig! Davon hatte ich keine Ahnung."

„Du kennst mich eben nicht, aber du hast den Drachen auch gesehen. Wir sind vom gleichen Stern."

\* \* \*

Am Pool lag vergessen ein silberner Drachenanhänger. Eine Elster sah das Glitzern und stahl ihn flink. Weit weg, über dem anderen Ende der Stadt, riss ein Windstoß ihr den Drachen aus dem Schnabel. Er fiel zu Boden, direkt vor den Kletterturm eines Spielplatzes.

Die kleine Hannah rieb sich die tränennassen Augen und hob ihn vorsichtig auf. Komisch, ihr aufgeschrammtes Knie tat schon nicht mehr weh.

„Ich will wieder mitspielen!" rief sie, steckte den Drachen in ihre Jeanstasche und lief zu den anderen Kindern.

# Serrasch

von **Peter Futterschneider**

Serrasch ist auf dem Weg nach Hause. Seit einiger Zeit hat er es nach der Schule besonders eilig, denn seine Kristallkugel wartet auf ihn. Molfgar kann nur mühsam mit ihm Schritt halten. Das ist nicht verwunderlich, denn Serrasch hat große Füße, die ihn rasch voranbringen. Im Verhältnis zum restlichen Körper sind sie einfach riesig.

„Sehen wir uns nachher am See?", will Molfgar wissen.

Serrasch stoppt abrupt, sodass sein Schulkamerad mit voller Wucht aufläuft und umfällt. Am Boden liegend blinzelt Molfgar in die Sonne und sieht zu ihm hoch. Serrasch kann sich gut vorstellen, dass er von unten noch größer aussieht. Sein bläulich schillernder Schuppenpanzer, seine mächtigen Klauen und die großen Eckzähne kommen aus Molfgars Perspektive noch besser zur Geltung als sonst.

„Ja, ich weiß", murmelt Molfgar. „Ich nerve."

„So sieht es aus. Und nun lass mich in Ruhe, ich habe wenig Zeit", lautet die prompte Antwort.

Mit großen Schritten entfernt sich Serrasch. Mit solchen Kindereien kann er sich nicht abgeben. Immerhin weiß er genau, dass er einem erwachsenen Drachen schon ziemlich nahekommt. Allerdings entdeckt er noch immer den einen oder anderen Pickel in seinem Gesicht, wenn er in den Spiegel schaut. Und zwar an den Stellen, an denen noch die weiche Lederhaut zu sehen ist, weil sich der Schuppenpanzer noch nicht komplett geschlossen hat. Nicht mehr lange, dann wird er hundertdreiunddreißig ein Drittel Jahre und damit zum erwachsenen Drachen. Zwar ist er dann noch immer Jungdrache und muss sich erst in der Welt der Erwachsenen beweisen, aber das ist mindestens tausendmal besser als der Rang eines Drachenkindes. Noch gilt er als ein solches, was ihn wirklich außerordentlich nervt. Dabei hat der Biologielehrer Herr Rantrock ausführlich erklärt, dass sich die jungen Drachen heutzutage viel schneller entwickeln als früher. Doch die Alten halten krampfhaft an der magischen Zahl fest: hundertdreiunddreißig ein Drittel und kein Dritteltag früher.

Außerdem hat Serrasch vor einiger Zeit sogar schon einmal Feuer gespuckt, nur wenig, aber es genügte, um sich die Zunge zu verbrennen.

Er erinnert sich noch genau an das Wechselbad der Gefühle an jenem Tag. „Wow, wie toll ist das denn?", schoss es ihm durch den Kopf, in Sekundenbruchteilen gefolgt von: „Scheiße, ist das heiß!" und einem stechenden Schmerz.

Die Zunge zu verbrennen, ist so ziemlich das Peinlichste, was einem Drachen passieren kann. Deshalb behielt er dieses unangenehme Erlebnis lieber für sich. Keiner merkte etwas, auch nicht seine Eltern. Sein Vater, der große Trantur, und seine Mutter, die energische Walpomena, wunderten sich zwar darüber, dass er ein paar Tage auffällig mundfaul war und wenig aß, doch die Ursache kannten sie nicht. Sie freuten sich darüber, dass er endlich einmal nicht durch seinen ungezügelten Appetit auffiel.

„Dein Essverhalten lässt zu wünschen übrig!" Das hält ihm seine Mutter ständig vor. Sie meckert immer, wenn er allein in seinem Höhlenraum futtert und die Reste verteilt. „Wenn du überall Essen liegen lässt, holst du dir noch Ungeziefer in deine Höhle!", zetert sie ständig.

Bei dem Gedanken an seine Mutter beschließt er, die Tüte Drachenkekse, die er im Drachenmarkt gekauft hat, in seine Schultasche zu packen. Es wäre ziemlich dämlich, die Höhle zu betreten und die Kekse wie eine Trophäe zu präsentieren. Obwohl die Höhle schon zu sehen ist, vermindert er sein Tempo nicht. Als er versucht, gleichzeitig die Geschwindigkeit zu halten, die Tasche abzunehmen und die Kekse zu verstauen, stolpert er über seine großen Füße.

„Daran ist nur Molfgar schuld, weil er mich vorhin aufgehalten hat. Ich komme zu spät zur Gruppe. So ein Mist!", stöhnt er. Nachdem er sich wieder aufgerappelt hat, betritt er mit verstaubtem Schuppenpanzer und Trümmerkeksen in der Tasche die Höhle. „Hi Mum, hi Paps", murmelt er im Vorbeigehen seinen Eltern zu. Noch bevor sie etwas sagen können, verschwindet er in seinem Höhlenraum.

Da hört er seine Mutter schimpfen: „Der Junge hängt nur noch an seiner Kristallkugel." Serrasch weiß, dass sein Vater das nicht ganz so kritisch sieht. Er versucht, sich aus dieser ständigen Diskussion herauszuhalten, obwohl er Diskussionen grundsätzlich nicht abgeneigt ist, nur eben nicht in der heimischen Höhle. Trantur ist Mitglied im Drachenrat und ein ganz hohes Drachentier.

*Du drückst dich vor der Erziehung!*, lautet Walpomenas Version. *Der Junge wird seinen Weg schon machen*, ist dagegen Tranturs Meinung. *Lasst mich doch einfach in Ruhe und streitet euch über etwas anderes*, ist Serraschs ganz eigene Version. Wenn er endlich als erwachsener Drache gilt, können ihm seine Eltern keine Vorschriften mehr machen. Deshalb wartet er sehnsüchtig auf seinen hundertdreiunddreißig-steneinDrittelGeburtstag.

Vorsichtig fischt er die Trümmerkekse aus dem Schulranzen, den er anschließend in die Runde pfeffert. Sein Raum hat keine Ecken, sondern nur Runden wie alle Drachenhöhlen. Drachen lieben alles, was rund ist. Trantur und Walpomena haben die VierRaumHöhle vor achtundsiebzig Jahren bezogen. Serraschs Raum befindet sich ganz hinten, tief im Berg. Dafür, dass er sich am liebsten in seiner Jugendhöhle aufhält, gibt es zwei Gründe: seine neue Kristallkugel und *Dragon Slayer*. Beide sind aber auch immer wieder Anlass für den ständigen Krach mit seiner Mutter. Für die neue Kristallkugel ist ein Großteil seiner Ersparnisse draufgegangen.

„Wie kannst du nur so viel Geld für diesen Unsinn verprassen?", meinte seine Mutter vorwurfsvoll, als er die Kristallkugel voller Stolz präsentierte.

„Der Junge muss seine Erfahrungen sammeln", lautete der Kommentar seines Vaters.

Die Kugel ist der absolute Wahnsinn. Sie hat eine Sphärenreichweite von über neunhundert DTF, also Drachentagesflügen. Damit kann Serrasch wirklich alle Drachen in der Republik erreichen. Seine alte Kristallkugel hatte nur zwanzig DTF und damit lebte er praktisch hinter dem Mond. Jetzt kann er sogar Kontakt mit Drachen in den entlegensten Teilen der Republik aufnehmen. Einige Drachendialekte hat er vorher noch nie gehört. In den Sphärengruppen, denen er inzwischen beigetreten ist, fliegen ihm lagonische, triserische und manchmal auch drakonische Stimmen um die Ohren.

Aus seinem Zimmer kommt er kaum noch raus, schließlich möchte er immer auf dem aktuellen Stand sein, und neue Nachrichten gibt es in den Sphärengruppen eine ganze Menge. Aber auch *Dragon Slayer III* hält ihn gefangen. Dieses Spiel ist eigentlich erst für Drachen ab hundertdreiunddreißig ein Drittel freigegeben, genau wie *Dragon Slayer I* und *II*. Das ist ihm aber ziemlich egal. Stundenlang kann er sich in der Gedankenwelt der Sphären mit den anderen SlayerFreaks verschmelzen und sich im Kampf gegen das Ungeziefer behaupten.

Gleich wird es wieder so weit sein. Während er vor der Kugel hockt, riecht er, dass seine Schwefelausdünstungen stärker werden. Das hat mit seiner Aufregung zu tun.

Für einen Moment muss er wieder an seine Mutter denken. Walpomena war außer sich, als sie erfuhr, dass ihr Sohn ein Slayer ist. Richtigen Ärger bekam er, als sie hörte, welche Sphärenreichweite die neue Kristallkugel hat. Mit seiner alten

Kugel konnte er nur *Dragon Slayer I* spielen, aber mit der neuen gibt es keine Grenzen mehr. Auch Trantur war nicht begeistert von *Dragon Slayer*, doch er vertraut nach wie vor darauf, dass sein Sohn nicht zum Ungezieferkiller mutiert.

Serrasch erinnert sich noch gut daran, dass sich sein Vater sogar mit ihm über das Spiel unterhielt. „Das Ungeziefer erhebt sich und wird zum Drachentöter, das ist bestimmt ein ziemlich aufregendes Spiel. Auf die Idee muss man erst mal kommen. Und aus wirtschaftlicher Sicht haben die Erfinder dieses Spiels einen echten Coup gelandet", erklärte Trantur. Serrasch gibt ihm recht. Was für eine abgefahrene Idee, die von den Entwicklern des Spiels in *Dragon Slayer III* besonders blutig umgesetzt wurde.

Er sinnt weiter über das Ungeziefer nach. Das gibt es überall in der Drachenrepublik. Es gehört einfach dazu. Solange es sich nicht in einer Höhle einnistet, leben Drachen und Ungeziefer relativ friedlich nebeneinander. Serrasch hat bisher nur selten Ungeziefer gesehen. Ein wenig kann er seine Mutter verstehen. Das Getier ist so klein, dass ein Drache mit seiner kleinen Zehe ohne Weiteres drauftreten und es zerquetschen kann. Das verursacht dann immer so eine eklige Schmiererei. Kein Wunder, wenn man ohne Schuppenpanzer durchs Leben läuft.

Nichts als nackte Haut, ein paar Borsten auf dem Kopf, nur zwei Beine und zwei Arme, aber keine Flügel! Sie können nicht wegfliegen, wenn ein Drache ihnen zu nahekommt, sondern nur wegrennen. Als kleiner Drache begegnete er diesen jämmerlichen Gestalten zum ersten Mal auf einer Wiese. Damals schaute er seinen Vater fragend an. „Das sind Menschen", erklärte Trantur knapp.

Der milchige Ton in der Kristallkugel verschwindet, ihr Inneres wird immer klarer. Schließlich erkennt Serrasch die ersten Jungdrachengesichter im Sphärennebel. Feine Blitze zucken aus der Kristallkugel. An den Stellen, wo die Blitze seine Schuppen treffen, verändern sie sich und pulsieren in den schillerndsten Farben. Jetzt ist er in der Sphärengruppe angekommen und befindet sich auf der Jagd nach dem Drachentöter, dem Schlimmsten aller Ungeziefer.

Was sonst um ihn herum passiert, interessiert ihn nicht mehr. Beim Spielen mampft er einen Drachenkeks nach dem anderen. Die Krümel, die bei jedem Bissen auf den steinigen Höhlenboden rieseln, kümmern ihn nicht. Doch dann wird er durch seine Eltern abgelenkt, die sich vor seiner Tür unterhalten und nicht zu überhören sind.

„Der Junge ist schon wieder so lange in seiner Höhle. Bestimmt spielt er dieses schreckliche Spiel!", keift seine Mutter. Dann klopft jemand an seine Tür. „Serrasch, komm zum Ende", ruft sein Vater und es klingt sehr streng. Kurz danach hört er schwere Schritte, die sich entfernen. Schließlich ertönt ein ohrenbetäubender Knall. Seine Eltern haben die Höhle verlassen.

Es ärgert ihn, dass seine Eltern seinetwegen streiten. Noch mehr ärgert er sich aber darüber, dass er soeben ein Leben verloren hat, weil ihn der Krach abgelenkt hat.

\* \* \*

Onkor ist fast am Ziel. Er hat den fetten Kekskrümel schon an seinem Seil befestigt, als ihn ein donnerndes Geräusch bis ins Mark erschüttert. Schnell verschwindet er wieder in seinem Versteck. Dieser Krümel wäre ein Schatz für ihn und seine ganze Familie, ein Gaumenschmaus. Weil die Kekse diesmal besonders fein zerbröselt sind, bleibt Onkor viel Arbeit erspart, die er sonst mit dem Zerlegen der Essensreste hat.

Erst vor ein paar Wochen entdeckte er einen Spalt im Felsen, der ihn mitten in diese Höhle führte. Das war ein großes Glück gewesen. Onkor war gerade zum dritten Mal Vater geworden und der Platz im alten Baumstumpf reichte nicht mehr aus.

Außerdem war die Nahrungssuche sehr gefährlich geworden, seit die Drachen aus der nahegelegenen Siedlung den Wald als Ausflugsziel für sich entdeckt hatten. Daraufhin verließen die Menschen den Wald. Onkor und seine Familie flüchteten als Letzte.

Als er sich das erste Mal in diese Höhle schlich, wähnte er sich im Schlaraffenland. Es war leicht für ihn, einen Unterschlupf für sich, seine Frau Tsmiri und seine Kinder Lonk, Tjolk und Listra zu finden. Er holte seine Familie aber erst nach, als er ganz sicher war, dass die Höhle dauerhaft in diesem chaotischen Zustand bleiben würde und sie deshalb immer ein Versteck finden könnten. Ihr Heim richteten sie in der Verpackung der neuen Kristallkugel ein, die unbeachtet in einer Ecke lag. Dort liegt sie heute noch. Den fünf Untermietern kommt die Verpackung aus Birkenholz noch immer wie ein Palast vor. Nach kurzer Zeit fanden sie heraus, dass dem Krümelregen jedes Mal Schwefelgerüche vorangehen. Seitdem lieben sie diesen Geruch.

Drachen werden aus Sicht der Menschen uralt. Ein Drachenjahr entspricht ungefähr sieben Menschenjahren. Bis dieser junge Drache endlich erwachsen werden, seine Höhle aufräumen und damit die Lebensgrundlage von Onkors Familie beseitigen wird, sind seine drei Kinder schon längst flügge und aus der Birkenholzverpackung ausgezogen. Er ist ein gemachter Mensch, denn er hat für sich und die seinen eine komfortable Unterkunft in unmittelbarer Nähe einer nie versiegenden Nahrungsquelle gefunden. Nur eine Sache beschäftigt ihn. Gern würde er begreifen, was seinen Vermieter bewegt, wenn er vor dieser Kristallkugel hockt. Doch das geht leider nicht. Es liegt daran, dass er weder lagonisch, triserisch, drakonisch noch sonst irgendeine Drachensprache versteht. Für ihn klingt es wie Donnergrollen, wenn Drachen sprechen.

Onkor startet einen weiteren Versuch, den Kekskrümel zu erbeuten. Langsam schleicht er heran. Dann versucht er, das Seil erneut am Kekskrümel zu befestigen. Als er sich kurz umdreht, sieht er, dass Tsmiri vor ihrem Heim steht und ihn voller Panik anstarrt. Sie hat wohl Angst, weil Onkor den Drachenzehen mit den scharfen Krallen bedrohlich nahekommt. Wie alle kennt seine Frau unzählige Geschichten von bedauernswerten Menschen, die von Drachenzehen zerquetscht wurden. Die Spannung steigt. Onkors Hände fangen an, zu schwitzen. So wie Tsmiri aussieht, trommelt ihr Herz bestimmt heftig. Hoffentlich fällt sie nicht in Ohnmacht. Als der Drache seinen Fuß bewegt, springt Onkor gerade noch rechtzeitig zur Seite. Er blickt zu Tsmiri. Seine Frau fällt mit einem Seufzen in Ohnmacht. Das war zu viel für sie.

* * *

Serrasch dampft inzwischen wie eine heiße Schwefelquelle, während er als Rantrock in der Kristallkugel versucht, sich an den Drachentöter heranzuschleichen. Er befindet sich auf dem 37. Level. Dort ist der Drachentöter besonders heimtückisch. Serrasch versteckt sich hinter einem Hügel und macht sich bereit, seinen Gegner mit einem Überraschungsangriff auszuschalten. Und dann! Eine Unaufmerksamkeit, ein unachtsamer Schritt, ein Geräusch – der Drachentöter erkennt die Gefahr, bemerkt den Drachen und schleudert ihm den Speer entgegen. Bei dem Versuch, auszuweichen, fällt Serraschs Spielfigur Rantrock der Länge nach in eine riesengroße Pfütze. „Verdammt!", brüllt Serrasch und springt auf.

In diesem Moment bohrt sich eine Drachenzehe in den Körper in der Pfütze. Ein kurzes Zucken, dann ist der Drachentöter Geschichte. Es war die Zehe von Drako alias Molfgar. Serraschs Klassenkamerad ist ein begnadeter Slayer. Er ist so gut, dass er nach der Schule sogar noch Zeit hat, sich am See herumzutreiben.

Jetzt hat Molfgar den Drachentöter schon wieder vor ihm erwischt und nebenbei auch noch den Speer abgefangen.

„Reife Leistung, du bist halt ein Top-Slayer", zollt ihm Serrasch Respekt.

\* \* \*

Onkor hat das Brüllen gar nicht richtig mitbekommen vor lauter Freude. Schließlich ist er der Drachenzehe um Haaresbreite entgangen und hat diesen wunderbaren Kekskrümel für seine Familie ergattert. Glücklich läuft er zurück zur Verpackung. Tsmiri erwacht in seinen Armen aus ihrer Ohnmacht. Sie ist sehr glücklich über seine Beute, die sie gemeinsam in das Versteck zerren. Gut, dass der Drache von dem verborgenen Familienglück in seiner Höhle nichts ahnt.

\* \* \*

Serraschs Gedanken kreisen schon um das nächste Spiel. Diesmal ist er sich ganz sicher: „Morgen erwische ich den Drachentöter garantiert vor Molfgar!"

# Andersland

von **Sandra Gertzen**

Cara schmiss ihr Fahrrad an den Wegrand und rannte über das Feld. Tränen flossen über ihre Wangen wie kleine Bäche. Sie konnte nicht aufhören zu weinen, nicht aufhören zu laufen. Ihr Brustkorb schmerzte. Aber das war ihr egal. Sie wollte weg, ganz weit weg. Sollten die anderen sie doch suchen. Ob überhaupt jemand sie vermissen würde?

Sie erreichte den Wald und lief weiter. Die Bäume wurden dichter. Der Wald wurde dunkler. Bedrohliche Schwärze umgab sie. Als sie an einen von massigen Bäumen umringten Waldsee kam, wurde es plötzlich hell. Erschöpft ließ sie sich ins hohe Gras fallen und schloss die Augen. Alles in ihr brannte. Die Füße taten ihr weh, ihre Schläfen pochten. Langsam erhob sie sich und ging zu dem See, um sich abzukühlen.

*Irgendetwas stimmt hier nicht,* dachte sie. Im See kräuselten sich rote Wellen. Die Blätter der Bäume waren von einem tiefen Blau. Die Äste, auf denen kleine Tiere krabbelten, schimmerten gelb wie Zitronen. Verwirrt drehte sie sich im Kreis, ihr Mund stand weit offen. Wo war sie? Ihre Füße berührten das rote Wasser, das daraufhin in allen Farben leuchtete wie ein Regenbogen. Ein Wesen entstieg dem schillernden See. Erst sah sie eine Schnauze, dann blinzelten goldene Augen sie an. Zum Schluss stand er vor ihr: ein grüner Drache mit rosafarbenen Punkten. Er war nicht riesig, nur etwas größer als ihr Papa – und unendlich schön, fand Cara. Vor lauter Staunen vergaß sie fast ihre Traurigkeit.

Die Augen des Drachen schauten freundlich. „Oh, ein neues Wesen ist gekommen", sagte er. „Dich habe ich hier noch nie gesehen. Bist du auch anders?"

„Anders?", fragte sie und wischte sich die letzten Tränen mit dem Ärmel fort.

„Ja, anders", antwortete er geduldig. „Weißt du denn nicht, dass du hier im *Andersland* bist?"

„*Andersland*?" Verwirrt blickte Cara sich nochmals um. Dann verstand sie: die blauen Bäume mit den gelben Ästen, das rote Wasser, der wunderschöne Drache mit den Punkten. Sie streckte ihre Hände nach ihm aus, berührte seine weiche Schnauze und seine raue Stirn, um sich zu vergewissern, dass er echt war.

„Und ob ich anders bin." Sie zeigte auf ihr Gesicht. „Meine Haut ist schwarz, die der anderen weiß. Meine Haare sind schwarz mit wilden Locken, die anderen haben glatte, helle

Haare." Wieder begann sie, zu schluchzen. „Außerdem bin ich die Kleinste in meiner Klasse. Ich spiele auch lieber mit den Jungs Fußball als mit den Mädchen Puppen."

„Siehst du", meinte der Drache, „deshalb hast du den Weg ins *Andersland* gefunden."

„Ich war noch nie an einem so schönen Ort", schwärmte Cara, als sie sich weiter umschaute. Am Himmel tummelten sich bunte Wolken, die von drei Sonnen angestrahlt wurden. Die winzigen Tierchen, die an den Bäumen entlangliefen, sahen aus wie kleine Elefanten. Fische sprangen von Ast zu Ast, blubberten ein Lied. Über dem Waldboden und dem See flatterten Schmetterlinge und Libellen in den unterschiedlichsten Farben. Im See zogen unzählige Vögel ihre Kreise. Die Luft roch nach Zitroneneis und Schokolade. Hier wollte Cara bleiben, für immer.

Der Drache richtete wieder seine goldenen Augen auf das Mädchen. Er hatte wohl ihre Gedanken erraten. „Du kannst nicht bleiben", sagte er.

„Aber warum?", wollte Cara wissen. „Es gefällt mir hier viel besser als zu Hause."

„Es ist nicht immer so friedlich im *Andersland*", erwiderte er. „Außerdem wirst du vermisst."

„Woher willst du das wissen?", rief Cara. Wütend stemmte sie die Arme in die Hüften. „Die anderen mögen mich nicht. Deshalb ist es egal, ob ich da bin oder nicht!"

Der Drache kam näher. Sein warmer Atem berührte ihre glühenden Wangen. „Natürlich mögen sie dich", entgegnete er ruhig.

„Warum sollten sie?"

Seine goldenen Augen waren so tief wie der See, dem er entstiegen war. „Weil du *du* bist." Er lief um Cara herum und legte seinen Schwanz um sie. „Aber du kannst gern ein Weilchen bleiben und dich ausruhen. Ich passe auf dich auf."

Dankbar lehnte sie sich an seinen schuppigen, warmen Körper. Sie spürte seine Atembewegungen, hörte seinem Herzschlag zu, genoss die Ruhe, sog den süßen Duft des Waldes ein. Es dauerte nicht lange, bis sie einschlief.

* * *

Cara schlug die Augen auf. Sie hatte seltsame Schreie vernommen und spürte eine merkwürdige Unruhe.

Der Drache schüttelte sie sanft. „Du musst gehen", forderte er sie auf. „Lauf, lauf so schnell du kannst! Sie kommen."

Hastig sprang sie auf. „Wer kommt?" Doch dann sah sie die riesigen grünen Drachen, die durch die Lüfte fegten und Feuerwalzen aus ihren Rachen spien. Regungslos blieb sie stehen. Große Angst erfasste sie.

Der rosa gepunktete Drache stupste sie an. „Versteck dich, schnell! Dort hinten ist ein Felsvorsprung. Krabble darunter!", befahl er.

Cara rannte zu der Stelle, schlüpfte unter den Felsen und machte sich so klein, wie sie konnte. Ihr Körper bebte vor

Aufregung. Aus ihrem Versteck beobachtete sie, was geschah.

Alle Wesen in *Andersland* suchten das Weite, stoben auseinander, duckten sich. Das reine Chaos herrschte. Die feuerspeienden Drachen flogen über *Andersland* hinweg, zerstörten rücksichtslos, was ihnen in den Weg kam. Überall loderten Feuer auf.

Cara schrie: „Nein, das dürfen sie nicht! Warum tun sie das?"

Da hörte sie ein zartes Stimmchen neben sich. Es gehörte zu einem der winzigen Elefanten. „Sie vernichten alles, was anders ist."

Mittlerweile standen mehrere Bäume in Flammen. Der Himmel war schwarz vor Rauch, die drei Sonnen waren hinter dem dichten Qualm kaum zu erkennen.

Cara hörte die fürchterlichen Schreie der Drachen und das ängstliche Wimmern der Bewohner von *Andersland*. Sie kauerte sich in ihrem Versteck zusammen, hielt sich die Ohren zu. Doch die wütenden Schreie und das Klagen wollten kein Ende nehmen.

*Sie werden* Andersland *zerstören,* dachte sie verzweifelt. *Das darf ich nicht zulassen! Ich muss den* Andersländern *helfen!* Sie ballte ihre Fäuste. *Wir müssen uns wehren!,* ging es ihr durch den Kopf. *Aber wie?*

Sie griff sich einen Stock und einen Stein. Voller Wut und wild entschlossen krabbelte sie aus ihrem Versteck.

Der kleine Elefant rief ihr nach: „Was tust du da? Komm zurück!"

Einer der riesigen Drachen hatte sie bereits entdeckt und flog auf sie zu. Seine Augen glühten voller Hass. In seinem Maul blitzten messerscharfe Zähne. Dann schoss eine gewaltige Feuerwalze auf Cara zu.

Sie sprang zur Seite. Das Feuer verfehlte sie um Haaresbreite. Mit zitternden Knien trat sie dem Untier entgegen. „Hau ab!", brüllte sie und warf den Stein mit aller Kraft. Der traf den Drachen an der Stirn. Er taumelte in der Luft, kam näher und näher. Jetzt schlug sie mit dem Stock nach dem grünen Ungetüm. Sie erwischte es am Bauch. Der Drache brüllte vor Schmerz, flog höher, kehrte aber wieder um. Dann griff er Cara erneut an. Ihr nächster Hieb traf ihn am Schwanz. Er heulte auf, trat den Rückzug an. Die anderen Drachen folgten ihm. Schon bald waren alle verschwunden. Mit einem Mal wurde es still. Caras Beine gaben nach. Sie hatte es geschafft, hatte die Drachen in die Flucht geschlagen und konnte es kaum glauben. Nach einer Weile krochen alle *Andersländer* zögernd aus ihren Verstecken und schauten sich staunend um.

Der gepunktete Drache tauchte aus dem See auf. Er erblickte Cara, die am Seeufer kauerte, noch immer außer Atem. „Du hast *Andersland* gerettet", sagte er. Seine goldenen Augen leuchteten. „Du bist so mutig." Seine Schnauze berührte ihr Gesicht.

„Ihr könnt euch auch wehren. Gemeinsam seid ihr viel stärker als ich allein", meinte sie.

„Du bist nicht nur mutig", erwiderte der Drache, „sondern auch schlau."

Die *Andersländer* nickten zustimmend. Da bemerkte Cara, dass die Sonnen bereits hinter dem Horizont verschwanden und die Schatten länger wurden.

Sie erschrak. „Meine Eltern suchen mich bestimmt." Dann schaute sie zum Himmel. „Die Drachen werden wiederkommen, aber ich muss jetzt gehen. Pass gut auf dich und *Andersland* auf, lieber Drache. Ihr müsst zusammenhalten." Suchend schaute sie sich um. „Wie finde ich zurück? Ich weiß nicht einmal, wie ich hierher gekommen bin", sagte sie.

Der Drache erhob sich und spie Goldstaub in den Wald. „Lauf einfach den goldenen Weg entlang." Er zwinkerte ihr zu.

Sie drückte den Drachen zum Abschied. „Es ist so schön, anders zu sein."

Er lachte leise. „Ja, es ist etwas Besonderes."

Cara küsste noch einmal die Schnauze des Drachen, bevor sie den mit Goldstaub gekennzeichneten Weg zurücklief. Sie fühlte sich frei wie ein Vogel, leicht wie eine Wolke und zugleich unendlich stark. *Auch ich werde mich in Zukunft wehren,* nahm sie sich fest vor.

Als sie das Ende des Waldes erreicht hatte, hörte sie ihre Mutter und ihren Vater nach ihr rufen. Sie rannte ihnen entgegen. Der Goldstaub ließ ihren Körper leuchten.

# Der Drache von Ereth

## von **Ines Gölß**

Es war einmal, zu einer Zeit, in der es noch Drachen gab. Die Angst hatte die Hoffnung aus den Herzen der Menschen fast vollends verdrängt.

König Hartfried der Grausame regierte. Er war der gierigste und erbarmungsloseste Herrscher, den das Volk von Ereth je erlebt hatte.

Die Bauern mussten nicht nur ein Zehntel der Ernte abgeben, wie es bei früheren Königen der Fall gewesen war, sondern die Hälfte. Wer versuchte, zu betrügen, wurde von den Abgesandten des Königs in das Verlies der Burg verschleppt und ward nie mehr gesehen.

Jahr für Jahr kämpften die Bauern ums Überleben. Die Vorräte reichten nicht aus, um alle durch die strengen Winter zu bringen. Im fünften Jahr der Herrschaft von Hartfried dem Grausamen war es so weit. Ein Drittel der Bevölkerung war dahingerafft.

In einem kleinen Dorf fernab der Königsstadt wohnte Christian. Eines Morgens war er gerade dabei, seiner Mutter eine heiße Suppe zu kochen. Seit einigen Wochen hustete sie.

Es wurde nicht besser, im Gegenteil; er fand, dass sie von Tag zu Tag schwächer wurde.

Da hörte er aus der Ferne ein fürchterliches Brüllen, das die Erde erzittern ließ. Angsterfüllt quiekten die Schweine, die Hühner gackerten aufgeregt. Irgendwo bellte ein Hund. Christian rannte zum Fenster.

„Der Drache!", flüsterte er.

An diesem Vormittag herrschte ohnehin große Aufregung. Die Abgesandten des Königs wurden erwartet. Sie würden junge Männer für die Armee holen. Gerade ritten sie ins Dorf.

Jemand donnerte gegen Christians Tür und befahl: „Aufmachen!"

Mit Angst geweiteten Augen schaute er seine Mutter an.

Als die Soldaten eingetreten waren, flehte sie: „Bitte, lasst mir meinen Sohn. Ich brauche ihn dringend, um die Ernte einzubringen. Mein Mann ist bei der letzten Hungersnot gestorben."

„Willst du dich etwa beschweren?", fragte der Anführer.

Seine Stimme klang drohend. Christian getraute sich nicht, zu atmen.

„Ich habe nur gesagt, dass ich meinen Sohn brauche, weil mein Mann tot ist."

Der Anführer grunzte verächtlich, spuckte auf den Boden: „Das nächste Mal nehme ich ihn mit. Hast du mich verstanden?"

Daraufhin eilte er aus dem Haus. Seine Männer folgten ihm. Eine Weile herrschte Stille in der Hütte.

Dann sagte seine Mutter: „Du musst zum Drachen gehen!"

Christian verschluckte sich an seiner eigenen Spucke. „Was soll ich bitte tun?", brachte er hustend hervor.

Noch niemand war je vom Drachen zurückgekehrt. Vor ein paar Wochen erst hatte der König wieder einmal eine Armee von Reitern ausgesandt, um den Drachen zu erlegen und sein Gold zu stehlen. Sie waren nicht zurückgekehrt, genauso wenig wie die hundert anderen zuvor.

„Mutter, warum?", hauchte Christian.

„Ich träume oft vom Drachen. Ich weiß, dass er uns helfen kann", erklärte sie.

„Aber …", setzte er an. In diesem Augenblick fiel ihm etwas ein. *Jedoch*, überlegte er, *es könnte wirklich sein, dass der Drache hilft. Zwar hat er das noch nie getan, aber es hat ihn ja auch noch niemand gefragt. Die Ritter wollen immer nur sein Geld stehlen und ihn besiegen.* Der Gedanke brachte ihn ziemlich durcheinander. Um sich zu beruhigen, blickte er eine Weile aus dem Fenster. *Außerdem*, sinnierte er weiter, *sagt man dem Drachen nach, dass er Heilkräfte besitzt. Vielleicht kann er meiner Mutter helfen?*

Christian sah ihr fest in die Augen, als er verkündete: „Ich gehe zum Drachen. Gleich morgen früh mache ich mich auf den Weg."

\* \* \*

Am nächsten Tag packte Christian gemeinsam mit seiner Mutter eine Tasche mit Proviant.

Da fiel ihm etwas ein: „Aber Mutter, wer hilft dir bei dem Rest der Ernte? Und wer kümmert sich um dich, wenn es dir nicht gut geht?"

Sie beruhigte ihn: „Die Frauen werden mich unterstützen. Mach dir keine Sorgen. Jetzt ist es wichtig, dass du zu dem Drachen gehst."

Christian trat vor das Haus und blickte in den Himmel. Der Berg, auf dem der Drache wohnte, war wie so oft wolkenverhangen. Aber die aufgehende Sonne zauberte betörendes Rosa und Orange in die Wolken, sodass Christian für einen kurzen Moment seine Angst vor dem großen, grausamen Drachen vergaß und Hoffnung schöpfte.

Ein kleiner weißer Hund mit schwarzen Flecken stand plötzlich neben ihm und bellte.

„Hallo, mein Kleiner!", sagte Christian erfreut. Er ging los und der kleine Hund folgte ihm.

Durch Wiesen und Felder führte der Weg zum Drachenberg. Als Christian direkt davorstand, seufzte er. Bekümmert blickte er zum Dorf zurück. Tief atmete er ein, bevor er schweren Herzen in den schmalen Weg einbog, der den mit Wald bewachsenen Berg hinaufführte. Der kleine Hund trottete schwanzwedelnd neben ihm her. Über seinen Begleiter war er sehr froh.

Nach einer Weile bekam Christian Hunger und setzte sich auf einer kleinen Wiese unter einen Baum. Dann zog er einen Kanten Brot und ein Stück Ziegenkäse aus seiner Tasche. Der kleine Hund legte ihm sanft eine Pfote auf den Arm. Christian streichelte ihn und teilte brüderlich die karge Mahlzeit mit seinem neuen Freund. Dabei schaute er ihn nachdenklich an.

„Ich nenne dich Flecki", überlegte er laut.

Der Hund drehte sich auf seinen Hinterfüßen im Kreis und bellte.

„Los komm, Flecki, wir müssen weiter."

Stolz lief der Kleine neben seinem neuen Herrn her. Der Weg führte weiter durch felsigen Wald. Ein Wasserfall begleitete sie den steilen Weg nach oben zur Drachenhöhle. Sie stillten ihren

Durst an dem herabstürzenden Wasser und Christian füllte seine Flasche. Ungefähr zur Mittagszeit hörten sie auf einmal ein lautes Ächzen und Schnauben. Vor Schreck blieb Christian stehen. Sein Herz schlug wie wild in seiner Brust. Hier ganz in der Nähe musste der Drache hausen. Flecki versteckte sich hinter ihm.

„Komm weiter, Flecki", wisperte Christian.

Unerwartet endete der Weg am Rande eines riesigen Steinplateaus. Einen weiterführenden Weg konnte er nicht ausmachen. Doch ganz in der Nähe befand sich der Eingang zu einer Höhle, die ziemlich groß sein musste. Christian drückte sich gegen die Felswand, Flecki auch.

Geräusche drangen aus dem Dunkel der Höhle. Es hörte sich an wie das Rascheln von Goldmünzen. Mit wild schlagendem Herzen tastete er sich am Felsen entlang, bis er den Eingang zur Höhle erreicht hatte. Vorsichtig lugte er hinein. In diesem Moment lief Flecki in die Höhle und bellte. Er erschrak. Nichts geschah. Langsam folgte er seinem Hund. Weiter hinten in der Höhle brannte ein Feuer, auf das er vorsichtig zuging. Dann sah Christian *ihn* und blieb wie angewurzelt stehen. Ein roter Drache lag auf einem Berg Goldmünzen. Von dem Gold und dem Drachen ging ein zarter Schimmer aus.

„Na endlich", seufzte der Drache. Er stöhnte und ächzte.

Da lief Flecki zu ihm und leckte sein Gesicht ab. Schnurrte der Drache etwa? Wachsam näherte sich Christian dem riesigen Tier, beäugte es von allen Seiten. Schließlich entdeckte er einen Speer im unteren Rücken des Drachen. Er schöpfte Mut, kletterte auf den Goldberg, griff beherzt nach dem Speer und zog ihn heraus.

„Au", brüllte der Drache.

Vor Schreck fiel Christian von dem Berg aus Gold.

„Danke, mein Freund", sagte der Drache erleichtert.

Christian hielt ihm den Speer unter die Nase. „Wer war das?", fragte er.

„Wer wohl?", fragte der Drache zurück. „Einer von diesen bösartigen Leuten, die mir dauernd nach dem Leben trachten und mein Gold stehlen wollen."

„Wo sind die Leute jetzt?", wollte Christian wissen. Bestimmt hatte der Drache sie gefressen, aber er wollte es aus seinem Maul hören.

„Ach, ich habe sie dahinten runtergeschubst", sagte der Drache so ganz nebenbei und wies in die Richtung.

Beunruhigt ging Christian aus der Höhle zu der besagten Stelle und besah sie sich aus der Nähe. Flecki folgte ihm.

Da fing er aus vollem Halse an zu lachen. „Es geht ja nicht mal einen halben Meter in die Tiefe", prustete er. Dann beruhigte er sich wieder.

Der Drache tapste aus der Höhle und begann, die Wolken wegzupusten. Jetzt hatten sie freie Sicht auf eine wunderbare Welt hinter dem Steinplateau. Üppiges Gras wuchs auf den Wiesen, wo viele verschiedene Tiere weideten: Kühe, Schweine, Schafe, Ziegen. Schöne Häuser bildeten kleine Siedlungen. In der Ferne konnte Christian einen Bachlauf und sogar einen See erkennen. Überall waren Menschen unterwegs, die trotz der Entfernung einen fröhlichen Eindruck machten. Dann kehrten die Wolken zurück und verdeckten wieder alles.

Überrascht schaute er zu dem Drachen und sagte: „Du meinst, alle diese Krieger, die dich töten wollten, leben jetzt hier. Du hast sie nicht gefressen?"

„Gefressen? Ich bin Vegetarier. Ich esse weder Mensch noch Tier", entgegnete der Drache empört.

Ein paar Sonnenstrahlen schafften es durch die Wolkendecke und trafen auf das große Tier, das nun in den schönsten Farben schillerte.

Angetan von dem Glanz berührte Christian sanft die Haut des Drachen. „Wie schön du bist!", stellte er fest.

„Das hat mir auch noch keiner gesagt." Der Drache schien belustigt. „Willst du mir etwa einen Heiratsantrag machen?"

Er spürte, dass er rot wurde; seine Wangen fingen an zu glühen. Als der Drache ihn freundschaftlich schubste, mussten beide lachen. Flecki bellte fröhlich.

Aber dann schaute er seinen neuen Freund ernst an: „Bitte, Drache, hilf uns! Allein sind wir machtlos gegen diesen König. Außerdem ist meine Mutter krank."

„Ja, ich weiß. Ich helfe euch."

Der Drache verschwand in seiner Höhle, kam kurz darauf mit einer Pfeife aus purem Gold wieder zurück. Die drückte er Christian in die Hand und erklärte: „Wenn du pfeifst, werde ich sofort zur Stelle sein." Nachdem er Christian noch eine Flasche, gefüllt mit einer seltsam zähen Flüssigkeit, in die Hand gedrückt hatte, fügte er hinzu: „Du gehst jetzt wieder nach Hause und kochst für alle in deinem Dorf eine Suppe. Du leerst so viel von der Flüssigkeit in die Suppe, dass du dreimal einen Topf für die Dorfbewohner zubereiten kannst. Alle sollen davon essen, auch die Gesunden. Du wirst sehen, den Kranken und Mutlosen wird es bald besser gehen." Der Drache klatschte in die Hände. „So, nun koche ich dir noch eine Gemüsesuppe und danach gehst du wieder nach Hause", rief er fröhlich.

Nach dem Essen bedankte sich Christian für alles und machte sich mit Flecki auf den Heimweg. Wehmütig schaute er noch einmal zurück zum Drachen, den er in sein Herz geschlossen hatte.

„Keine Angst, mein lieber Freund", sagte der, „wir sehen uns schon bald wieder."

Christian nickte, lächelte und ging.

* * *

Die Leute hatten ihn sogleich entdeckt, als er in Sichtweite des Dorfes gekommen war. Sie liefen ihm entgegen. Seine Mutter umarmte ihn so fest, dass er kaum noch Luft bekam. Alles, was er erlebt hatte, musste er in allen Einzelheiten erzählen.

Nachdem er geendet hatte, hängte er am Feuerplatz in der Dorfmitte den großen Kessel auf. Sorgfältig kochte er eine kräftige Gemüsesuppe. Zum Schluss gab er einen ordentlichen Schuss aus der wundersamen Flasche dazu. Die Dorfbewohner standen mit einem Schüsselchen in der Hand an und warteten geduldig, bis er jedem eine Schöpfkelle von dem Eintopf gab. Gierig löffelten sie die wohltuende Suppe.

Am nächsten Tag kochte er wieder für alle Suppe und am darauffolgenden Tag noch einmal. Dann war die Flasche leer. Jeder im Dorf fühlte sich gesund und kräftig.

Am frühen Nachmittag sahen sie in der Ferne die Männer des Königs, die dessen Anteil der Ernte abholen wollten. Verängstigt schauten die Leute zu ihrem Retter.

Christian hielt seine goldene Pfeife in die Höhe. „Der Drache wird kommen. Er hat es mir versprochen."

„Dann pfeif doch endlich", schrie Erasmus, einer der Dorfbewohner.

Aber gerade als Christian genau das tun wollte, traf ein Pfeil die Pfeife und sie fiel ihm aus der Hand.

Ein Reiter des Königs brachte sein Pferd vor Christian zum Stehen: „Was hast du da in den Händen gehalten, du Nichtsnutz?"

Christian zeigte seine leeren Hände. „Ich habe nichts mehr."

Der Soldat sprang vom Pferd und brüllte: „Willst du mich für dumm verkaufen?"

In der Zwischenzeit luden die anderen Krieger die Hälfte der Ernte auf die Karren. Flecki bellte. Dann nahm er die auf dem Boden liegende glitzernde Pfeife ins Maul und rannte davon. Der Reiter jagte Flecki hinterher, doch der Hund war schneller.

„Hol sofort deinen Köter zurück oder ich schlage dir vor allen Leuten den Kopf ab", erklärte der Soldat, nachdem er keuchend zurückgekommen war.

Mit sanfter Stimme rief Christian nach Flecki. Als der Hund sah, dass sein Verfolger in seine Nähe kam, nahm er gleich wieder Reißaus. Der wütende Reiter versuchte, ihn mit Pfeil und Bogen abzuschießen. Doch wie aus dem Nichts stand plötzlich Erasmus da, nahm Flecki auf den Arm und warf Christian die Pfeife zu. Er blies hinein. Keine Minute später sahen sie ein riesiges Tier über den Bergen, das auf das Dorf zuflog. Es glitzerte in der Sonne wie tausend bunte Edelsteine.

Elegant landete der Drache vor den Männern des Königs und knurrte: „Ladet die Ernte wieder ab und macht, dass ihr fortkommt."

Zur Bekräftigung spie er Feuer. Die Soldaten schrien auf, taten wie ihnen geheißen, stiegen auf ihre Pferde und zogen ihre leeren Karren hinter sich her. Noch einmal spie der Drache in ihre Richtung Feuer. Wieder schrien die Männer und ritten um ihr Leben.

Erasmus rief: „Der Drache lebe hoch."

Alle stimmten mit ein.

„Kommt, steigt auf, jetzt werden wir dem König höchstpersönlich einen Besuch abstatten", sagte der Drache zu Christian und Flecki.

Erasmus bat: „Nehmt mich mit. Ihr könnt sicher noch eine starke Hand gebrauchen."

Unter Jubelschreien und Segenswünschen machten sich die Gefährten auf, um dem König die Meinung zu sagen. Schon bald, da war sich Christian sicher, würden sie alle gemeinsam den grausamen Herrscher stürzen.

# Das Drachenlied

von **Aileen O'Grian**

Der gellende Ruf „Drachen, rettet euch!" riss Muran aus dem Schlaf.

„Schnell, versteckt euch in den Flussauen." Energisch schüttelte Sorwan, sein alter Magiermeister, ihn an den Schultern. Dann hob er seine Enkel vom Lager und schob sie durch das kleine Fenster an der Rückseite der Hütte.

Muran sprang als Letzter hinaus. Sobald er draußen war, drehte er sich um, um seinem Meister zu helfen.

„Geh, rette die Kinder", herrschte Sorwan ihn an.

Gehorsam nahm Muran die beiden Kleinen an die Hand und rannte zum Flussufer. „Lauft!", trieb er die beiden Größeren an. Die Kleinen kamen nicht so schnell hinterher. Muran zog sie mehr, als dass sie liefen. Im morastigen Untergrund waren die Kleinen allerdings schneller, weil sie nicht so tief einsanken.

„Sucht ein Versteck", rief Muran den Großen zu, die kurz darauf hinter Büschen verschwanden.

Die Kleinen liefen ihnen hinterher und klammerten sich an ihre Geschwister. Erleichtert schaute Muran zurück. Fünf Drachen flogen über dem Dorf, stießen herab, spien Feuer. Das größte Haus brannte lichterloh. Eine Frau schrie gellend. Das schnitt ihm durch die Eingeweide. Er litt, als würde er selbst verbrennen.

„Mit der Zeit lernst du, die Gefühle anderer abzuwehren", hatte ihm der berühmte Obermagier Rowan einst erklärt. Aber noch war Muran nicht so weit.

Mittlerweile brannten mehrere Hütten. Jetzt flog ein kleiner Drache zu ihnen herüber. Hatte Sorwan nicht gesagt, dass sie in den Flussauen sicher wären! Der Geflügelte stürzte auf Muran herab. Im letzten Augenblick warf er sich zu Boden, mitten zwischen Binsen und Pfützen.

Der Drache stieg wieder hoch. Muran hörte die Kinder weinen. Schnell kroch er zu ihnen, um sie zu beruhigen. Hinter dem Busch konnte er das Dorf nicht mehr sehen, aber er roch den Rauch und verbranntes Fleisch. Außerdem fühlte er die Angst und die Schmerzen der Dorfbewohner.

Nach einer Ewigkeit regte sich etwas drüben in der Furt – fremde Ritter! Im vollen Galopp preschten sie durch das Wasser auf das Dorf zu.

Muran blickte die Kinder eindringlich an und legte den Finger auf den Mund, bevor er sich aus dem Busch schob. Um die Hütten sehen zu können, musste er sich etwas aufrichten. Die Drachen griffen die Reiter an. Doch die warfen Speere nach den Ungeheuern. Ein Bogenschütze schoss brennende Pfeile. Er traf, zwei Drachen stürzten zu Boden. Ein dritter flüchtete ins Gebirge, sackte aber immer wieder ab. Ein vierter flog sehr tief, wobei er den rechten Flügel kaum beugte.

Der kleine Drache kreiste wieder über ihm. Dabei stieß er klagende Laute aus, sodass Muran fast Mitleid bekam. Als er sich schließlich ganz aufrichtete, um alles besser überblicken zu können, entdeckte der kleine Drache ihn und stürzte mit einem Fauchen herab. In höchster Not erinnerte sich Muran an das Drachenlied, das Rowan ihn einst gelehrt hatte, und stimmte es an.

„Ich glaube nicht, dass alle Drachen vernichtet sind. Lerne das Lied der Drachenbändiger. Vielleicht wird es dir nützlich sein!", hatte Rowan damals gesagt.

Der Drache stockte, flog über Muran hinweg, spie jedoch kein Feuer mehr. Eine Weile zog er am Himmel seine Kreise und schien dem Lied zu lauschen. Schließlich folgte er seinen verwundeten Kameraden. Staunend beobachtete Muran, wie sie zurück ins Gebirge flogen.

„Sind sie weg?", fragte Siwa, die älteste von Sorwans Enkelkindern, leise.

Da besann er sich und holte die Kinder aus dem Versteck.

Ein Ritter entdeckte sie und ritt zu ihnen. „Seid ihr unversehrt?", fragte er.

Muran nickte.

„Du bist doch der kleine Magier, der von Meister Sorwan unterrichtet wird! Wir brauchen dich, es gibt viele Verwundete."

Muran schluckte, denn er befand sich ja noch in der Ausbildung. Noch nie hatte er jemanden allein behandelt.

„Du kannst es", drängte der Ritter. Nach einer Weile fuhr er fort: „Mein Vater Mardok hat mir erzählt, wie der legendäre Rowan mit einem Lied einst Drachen bezwang."

„Ihr seid Malan, der Waffenmeister des Königs", hauchte Muran ehrfürchtig.

Malan lachte. „Ich bin genauso ein Mensch wie du und deine Freunde."

Inzwischen hatten sie die erste Hütte erreicht. Sie brannte noch.

Malan wies Siwa an, mit ihren Schwestern zum Ziegenpferch zu gehen und sich um die Tiere zu kümmern.

Geten, der große Junge, sollte Muran helfen. Er grübelte, wie er ohne Heilmittel, die in Sorwans Hütte verbrannt waren, helfen konnte. Doch als er die ersten schweren Brandwunden einer Frau sah, fiel ihm ein, dass am Wasser Riedwurz wuchs.

Das Kraut war gut gegen Verbrennungen und Entzündungen. Zudem konnten die großen Blätter als Verband dienen.

„Lauf zum Fluss und pflücke von der Pflanze mit den großen Blättern so viel, wie du tragen kannst!", wies er Geten an.

Einer der Ritter begleitete den Jungen zum Ufer, um mit anzupacken.

„Außerdem brauche ich Blätter von der Weberpflanze." Muran schaute Malan bittend an.

Der schickte mit einer Handbewegung zwei Ritter zum Feld hinter dem Dorf, auf dem Weberpflanzen angebaut wurden.

Anschließend ging Muran von Opfer zu Opfer. Keiner war verschont geblieben. Die gesamte Familie des Dorfoberhauptes war gestorben. Auch zwei Ritter hatten schwere Verletzungen davongetragen. Muran sang *heilende Lieder*, um die Hilfe der Geister zu erbitten und die Kranken zu beruhigen. Zum Schluss beugte er sich über Sorwan, der am schwersten von allen verwundet war.

„Lass mich, kümmere dich lieber um die anderen", flüsterte der greise Magier.

Zum ersten Mal gehorchte Muran seinem Meister nicht. Vorsichtig reinigte er die Wunden mit frischem Quellwasser und bedeckte sie mit den großen Blättern der Riedwurz. Dabei sang er ununterbrochen das *heilende Lied* gegen Verletzungen und Entzündungen. Danach bat er Geten, die Blätter der Weberpflanze mit dem Mahlstein zu zerreiben und ihm den Saft zu bringen. Diesen flößte er den Verwundeten ein. Erst als alle behandelt waren, kehrte er zu Sorwan zurück und setzte sich an dessen Seite.

Muran liebte den alten Mann wie einen Großvater. Als er etwas zur Ruhe gekommen war, legte er seine Hand auf Sorwans Stirn, um sich zu versenken. Vor seinem inneren Auge erschienen die Wunden, eine nach der anderen, und er stellte sich vor, wie er sie heilte. Schließlich schlief er vor Erschöpfung ein.

*  *  *

Jemand weckte ihn. Schwerfällig öffnete er die Lider. Vor ihm stand Malan.

„Wie häufig sollen die Verbände gewechselt werden?", erkundigte sich der Ritter.

Schwerfällig erhob sich Muran. Die ungewohnte Heilerarbeit hatte ihn sehr ermüdet. „Ich schaue mir die Wunden an", erwiderte er.

„Wir haben noch von den Blättern", sagte Malan.

Muran schüttelte den Kopf. „Nein, sie müssen ganz frisch sein. Unterhalb der Furt wächst viel davon."

Sofort holte Latuan, Malans Knappe, sein Pferd und ritt los. Ein anderer Ritter pflückte frische Weberpflanzenblätter, da Muran der Meinung war, dass eine weitere Gabe ungefährlich sei.

Die leichteren Wunden fingen schon an, abzuheilen. Auch die schweren Verletzungen hatten sich zum Glück nicht verschlimmert. Muran sang erneut Lieder, bis er heiser war und seine Kranken schliefen.

* * *

Am nächsten Tag ließ Muran die Verletzten in der Obhut der Ritter und brach in den Wald auf, um Heilpflanzen zu suchen. Entzündungshemmende Pilze und Moose fand er schnell, aber die schmerzlindernden Beeren hatten die Tiere gefressen. Deshalb ging er immer tiefer in den Wald hinein.

Er lief um einen Felsen herum – und erschrak. Vor ihm hockte der kleine Drache, fauchte wütend, spie aber kein Feuer. Sofort sang Muran das Drachenlied, froh, dass er sich noch an alle Strophen erinnern konnte. Anschließend sang er Rowans Freundschaftslied. Überrascht bemerkte er, dass der Drache Tränen in den Augen hatte.

„Ich muss weiter, ich suche Heilkräuter für die Kranken", sagte Muran.

Langsam schob er sich an dem Drachen vorbei. Weiter oben fand er noch genug Beeren. Als er zurückkam, entdeckte er den Grund dafür, dass der kleine Drache nicht weggelaufen war. Ein großer Drache lag tot hinter einem Felsen.

„Du trauerst um deine Mutter", murmelte Muran. Dann sang er das Drachenlied noch einmal.

Da hob der kleine Drache seinen Kopf. Mit seinem Maul riss er vorsichtig eine Pflanze heraus, die er Muran reichte.

Überrascht betrachtete er das Geschenk. *Hilft sie gegen Verbrennungen?*, fragte er in Gedanken. Tatsächlich erspürte er so etwas wie eine Bestätigung. „Danke. Kann ich dir irgendwie helfen?", fragte er laut.

Der Drache legte seinen Kopf vorsichtig auf Murans Arm. Voller Angst hielt Muran die Luft an, dann fasste er Mut und strich sachte über den Kopf des Geschöpfes. Die Haut fühlte sich warm und rau an. An der Stelle, wo die Panzerplatten des Kopfes auf die des Halses stießen, war es feucht. Muran schaute auf seine Hand. Sie war voller Blut.

Schnell kramte er Moos aus einem Beutel hervor. „Das stillt die Blutung", flüsterte er.

Nachdem er das Tier versorgt hatte, bemerkte er, dass es bereits dämmerte. Erschrocken sprang er auf.

„Pass gut auf dich auf, verstecke dich. Ich schaue in den nächsten Tagen wieder nach dir", sagte er zu dem Drachen, bevor er davoneilte.

Es dauerte lange, bis er eine Stelle fand, an der reichlich Moos wuchs. Als er ins Dorf zurückkam, war es bereits Nacht.

„Ich wollte schon nach dir suchen lassen", begrüßte Malan ihn. Er klang sehr besorgt.

„Ich musste weit laufen, um die schmerzstillenden Beeren zu finden", erklärte Muran.

Zuerst schaute er nach Sorwan. Sein Zustand hatte sich trotz der Riedwurz und der Lieder verschlechtert. Muran spürte, dass sein Meister die Nacht nicht überleben würde. Unschlüssig hielt er den Zweig des Drachen in der Hand. Er kannte die Pflanze nicht. Sollte er es wagen? Ohne ein Wunder würde Sorwan sterben.

„Kümmere dich um die anderen", hauchte sein Meister.

„Bald", stieß Muran hervor. Schnell zerrieb er die Blätter und ließ sie auf Sorwans Wunden rieseln, dazu summte er das Drachenlied. Anschließend deckte er alles mit Riedwurzblättern ab.

Die meisten seiner Patienten befanden sich auf dem Weg der Besserung. Wieder legte er Moos auf die Wunden und verband sie mit Riedwurz. Zusätzlich sollten die Kranken Pilze kauen. Danach kochte er aus den Beeren einen Sud, den sie trinken mussten. Dazu sang er wieder *heilende Lieder*. Erst als alle versorgt waren, setzte er sich erschöpft ans Feuer, um etwas von dem geschmorten Gemüse zu essen.

„Leg dich schlafen, wir schauen nach den Verletzten", befahl Malan.

Muran schüttelte den Kopf. „Nein, ich wache bei Sorwan, er ist meine Familie."

Noch zweimal legte er in dieser Nacht Drachenblätter auf die Wunden. Am Morgen war er überzeugt, dass Sorwan überleben würde. Er versorgte die übrigen Kranken und gab ihnen Schmerzmittel. Schließlich legte er sich völlig entkräftet schlafen.

Erst im Morgengrauen wachte er auf.

„Wir haben uns am Abend noch mal um die Verletzten gekümmert. Du hast Wunder bewirkt. Einige sind schon aufgestanden und haben angefangen, die am wenigsten zerstörte Hütte auszubessern, damit ihr alle nicht mehr im Freien schlafen müsst", erklärte Malan. „Ihr könnt euch jetzt selbst versorgen, wir ziehen weiter." Nach einer Pause fügte er hinzu: „Willst du nicht beim Magier des Königs lernen? Er sucht kluge Schüler."

Muran lächelte. „Ich überlege es mir. Erst einmal werde ich hier gebraucht. Meine Zeit bei Sorwan ist auch noch nicht um."

„Ich lege bei König Daldrin ein gutes Wort für dich ein", versprach Malan.

\* \* \*

In den folgenden Tagen half Muran beim Aufbau der Hütten. Ab und zu schlich er sich davon, um den kleinen Drachen zu versorgen. Er wurde immer mutiger. Bald hatte er keine Angst mehr davor, das Tier zu berühren. Jedes Mal, wenn er den Kopf anfasste, spürte er die Gefühle des Drachen, *hörte* sogar seine Gedanken. Auch der Drache wusste, was Muran dachte. So konnten sie sich verständigen, ohne Worte auszusprechen.

*Sitz auf, ich fliege dich in die Berge,* schlug der Drache vor.

*Dorthin will ich nicht*, entgegnete Muran.

Doch die Neugier ließ ihn aufsitzen und der Drache flog eine Runde mit ihm. Es war unbeschreiblich, die vertraute Gegend von oben zu sehen: die Felder, Wälder und Bäche.

\* \* \*

*Ich muss nach Hause, euren Winter würde ich nicht überlebe*, sagte der Drache eines Tages. *Wenn du mich brauchst, dann rufe mich.*

*Wie kann ich das?*

*Verbrenne die Zweige der Drachenpflanze, während du das Lied singst.*

Muran umarmte seinen Freund. *Versprich mir, nie wieder Menschen anzugreifen. Egal, was deine Herren von dir verlangen.*

*Ich werde nie wieder der dunklen Macht folgen*, schwor der Drache. *Geh jetzt!*

Muran gehorchte. Als er den Wald verlassen hatte schaute er zum Himmel. Weit oben drehte sein Freund seine Kreise. Ein letzter Abschiedsgruß.

Im Dorf angekommen traf Muran auf Sorwan, der so weit genesen war, dass er seine Tage auf einer Bank im Freien verbrachte. Sein Meister hatte den Drachen ebenfalls gesehen.

„Du hast ihn gepflegt?", stellte er fest, als Muran zu ihm trat.

„Ja, er war verwundet. Er gab mir die Pflanze, die auch Euer Leben rettete."

Schweigend betrachtete Sorwan ihn eine Weile. „Vielleicht bist du der Drachenbändiger, der uns von den Vorvätern angekündigt wurde." Er räusperte sich. „Muran, ich kann dir nicht mehr viel beibringen. Du solltest zum Magier des Königs wandern, um dort weiter zu lernen. Er hat mir eine Nachricht geschickt, er möchte dich ausbilden."

Muran verzog das Gesicht. „Ihr seid meine Familie und ich lerne viel von Euch."

Sorwan lachte. „Du bist sehr begabt und das ist eine Verpflichtung. Ziehe in die Welt, lerne so viel wie möglich." Kurz überlegte er. „Erzähle dem Obermagier von deinem Drachen, aber nur ihm. Er wird es verstehen, denn er kennt die alte Weissagung."

Heftig schüttelte Muran den Kopf. Er fürchtete sich vor der großen Verantwortung. Sorwan hatte ihm immer wieder gesagt, so wie früher Rowan, dass eine besondere Aufgabe auf ihn warten würde. Aber nein, er konnte es sich nicht vorstellen, ein derart bedeutender Magier zu werden.

Doch in der Nacht träumte Muran von seinem Freund. Auf seinem Rücken flog er über das gesamte Reich.

*Geh zu dem Obermagier und lerne alles, was er dir beibringen kann*, sagte der Drache, nachdem er ihn abgesetzt hatte. Dann schwang er sich auf und flog davon.

* * *

Am Morgen war Muran bereit, seine Pflicht anzunehmen. Schweren Herzens verabschiedete er sich von Sorwan und seinen Freunden. Dann brach er zum Königshof auf, um sich auf seine Aufgabe vorzubereiten.

# Glacierus - Der Eisdrache

## von **Ragnar Guba**

Es war einmal in einer frostigen Winternacht, als ein Bauer von seiner kranken Mutter durch den Wald zu seiner Familie nach Hause lief. Schon lange war es kalt gewesen, aber in jener Nacht hatte es das erste Mal geschneit. Für ihn wurde es immer beschwerlicher. Einen Weg gab es nicht. Die umherwirbelnden Schneeflocken stachen wie Nadeln in sein Gesicht. Immer wieder musste er eine Pause einlegen, um sich hinter einem Baum zu verbergen. Das Atmen fiel ihm schwer. Er merkte, dass er immer kraftloser wurde.

* * *

Seine Frau machte sich schon große Sorgen, denn er sollte längst zurück sein. Die Kinder Lina und Max weinten, weil sie Angst um ihren Vater hatten. Was die Mutter auch versuchte, sie vermochte es kaum, ihre Kinder zu beruhigen.

* * *

Währenddessen schleppte sich der Bauer weiter durch das Schneetreiben. Der große Wald schien kein Ende zu nehmen. Beim nächsten Schritt trat er auf einen glatten Stein und stürzte. Hart schlug er mit dem Kopf auf dem gefrorenen Waldboden auf und wurde ohnmächtig.

Wie lange er dort gelegen hatte, wusste er nicht, aber ihm war nicht mehr kalt, als er aufwachte. Nur undeutlich nahm er wahr, wo er sich befand. Keine Bäume und kein Schnee! Seine Umgebung sah aus wie eine Höhle, er lag auf weichem Moos. Sein Kopf schmerzte noch vom Sturz. Als er hinter sich ein leises Atmen hörte, drehte er sich vorsichtig um. In dem blassen Schein, der durch den Höhleneingang drang, konnte er kaum erkennen, wer oder was da atmete.

So bald er sich an das Licht gewöhnt hatte, wich er erschrocken zurück. Auf der anderen Seite der Höhle lag ein riesiger weißer Drache und schlief. Angst durchfuhr den Bauern, denn von Drachen hatte er bisher nichts Gutes gehört. Er traute kaum, sich zu bewegen. Gefressen werden wollte er nicht. Langsam stand er auf, um sich aus der Höhle zu schleichen.

Da vernahm er ein Zischen. Sofort duckte er sich, denn er wollte nicht von einem Feuerstrahl getroffen werden. Aber das Feuer blieb aus. Nichts passierte. Als er sich umblickte, sah er in die blau schimmernden Augen des Drachen, der sich inzwischen aufgerichtet hatte. Ganz ruhig saß er da und machte einen friedlichen Eindruck. Seine schuppige Haut glänzte weiß-silbern, an manchen Stellen auch bläulich.

„Lass mich in Ruhe. Ich habe dir nichts getan", sagte der Bauer ängstlich.

„Warum sollte ich dir etwas tun?", antwortete der Drache mit tiefer Stimme.

„Wieso kannst du sprechen? Ich habe gehört, dass Drachen Menschen fressen, aber noch nie, dass sie reden können."

„Nicht alle Drachen können sprechen. Ich bin ein Eisdrache. Wir besitzen diese Fähigkeit. Und nicht alle Drachen fressen Menschen."

„Ein Eisdrache? Von solchen Drachen habe ich noch nie gehört, schon gar nicht in unseren Wäldern."

„Wir erwachen nur im Winter, wenn es schön kalt ist. Im Frühling, Sommer und Herbst ist es uns zu warm. Dann schlafen wir lieber in unseren kühlen Höhlen oder hoch oben im Norden im ewigen Eis."

Der Bauer setzte sich wieder auf das weiche Moos und begann, mit dem Eisdrachen wie mit einem Freund zu sprechen. Die Angst wich einem vertrauten Gefühl.

Der Drache wollte wissen, was der Bauer bei so einem Wetter mitten im Wald zu suchen hatte.

„Meine Mutter ist schwer krank. Ich gehe jeden zweiten Tag zu ihr, um sie zu versorgen. Sie braucht Essen und Holz für das

Feuer. Mein Vater ist schon lange tot. So ist keiner dort, der ihr helfen kann."

„Ich mag Menschen, die hilfsbereit sind. Diese Eigenschaft habe ich bei dir gespürt, als ich dich fand. Deswegen habe ich dir auch geholfen und dich mit in meine Höhle genommen."

„Wie lange bin ich denn schon hier?"

„Vor zwei Nächten fand ich dich. Der Tod war dir näher als das Leben."

„So lange schon? Meine Familie wird sich große Sorgen machen. Keiner weiß, was mir zugestoßen ist. Ich sollte auch schon längst wieder auf dem Weg zu meiner Mutter sein, aber eigentlich müsste ich zuerst zu meiner Familie. Was soll ich nur tun?"

„Da könnte ich helfen. Auf meinem Rücken kommst du schneller voran."

„Auf dir soll ich reiten? Ich steige nicht mal auf ein Pferd oder einen Esel."

„Reiten würde ich es nicht nennen. Wir werden fliegen. Du wirst sehen, es gefällt dir."

Der Bauer überlegte. Jedoch war dies die einzige Möglichkeit, seiner Mutter zu helfen und zurück zu seiner Familie zu gelangen.

Also willigte er ein und ging mit dem Eisdrachen vor die Höhle.

Der Drache war viel größer als der Bauer. Sein Kopf ragte am langen Hals weit über seinen Körper hinaus. Im Freien funkelte und glitzerte seine Schuppenhaut noch heller. Er legte sich auf den Schnee, damit der Bauer aufsteigen konnte. Der hatte Mühe, sich festzuhalten. Der Drache richtete sich auf und breitete seine silbern glänzenden Flügel aus, um sich in die Luft emporzuheben.

Fast wäre der Bauer heruntergefallen, aber der Drache bemerkte es und glich seine Flugbewegung geschickt aus. „Wie ist dein Name?", wollte er wissen.

„Man nennt mich Konrad", erwiderte der Bauer mit zitternder Stimme, noch immer angsterfüllt.

„Ich bin Glacierus. In welche Richtung müssen wir nun fliegen?"

„Da bin ich mir nicht sicher. Von oben habe ich den Wald noch nie gesehen. Woran kann ich mich orientieren?"

„Dort befinden sich nur Felder", sagte Glacierus und deutete mit dem Kopf in eine Richtung. „Und da fließt der große Fluss." Er wies in eine andere Richtung.

„Gut, wenn wir dem Fluss folgen, ist es nicht mehr weit. So schnell wie du fliegst, brauchen wir nicht allzu lange."

Konrad genoss den eisigen Flug. Es war bitterkalt. Alles schien ihm wie ein Wunder. Das würde ihm keiner glauben, das mit dem Drachen nicht und schon gar nicht, dass er mir einem geflogen war. Die schneebedeckten Bäume zogen so schnell unter ihm vorbei, dass ihm fast übel wurde. Bald konnte er die Augen kaum noch aufhalten. Nach einer Weile sah er das Haus seiner Mutter auf der Lichtung. „Dort ist es", rief er Glacierus zu.

Um nicht aufzufallen, landete der Drache etwas abseits am Waldrand. Nachdem der Bauer abgestiegen war, versteckte er sich im Wald. Konrad musste sich kurz von dem Flug erholen, bevor er zum Haus gehen konnte.

Seine Mutter schlief hinter einem Vorhang in ihrem Bett. Konrad kümmerte sich zuerst um das Feuer im Ofen und setzte dann einen Kessel mit Wasser auf für eine kräftige Suppe. Das alles tat er so leise wie möglich, um seine Mutter nicht zu wecken.

Als er zufällig durch das Fenster schaute, bemerkte er, dass sich auf der anderen Seite der Lichtung fünf dunkle Gestalten hin und her bewegten. Ihm wurde unbehaglich zumute. Die

Kerle sahen aus wie schäbige Räuber, mit denen nicht zu spaßen war. Konrad war zwar kräftig, aber gegen solch eine Übermacht hatte er keine Aussicht auf Erfolg. Er überlegte, was er tun könnte. Ihm fiel Glacierus ein. Der Eisdrache könnte ihm helfen. Und so schlich er sich durch die Tür hinaus zu der Waldseite, wo der Drache ihn abgesetzt hatte.

Dann berichtete er dem Drachen, was er beobachtet hatte. Glacierus hatte die Männer noch nicht bemerkt. Konrad bat ihn um Hilfe.

Daraufhin trat der Eisdrache aus dem Wald heraus und schritt auf die Männer zu, die sich gerade dem Haus näherten. Völlig ahnungslos schlichen sie heran. Glacierus stieß einen Ton aus, der dem Zischen einer Schlange glich. Erschrocken sahen sich die Männer um und konnten wohl nicht glauben, was sie da sahen. Der Anführer von ihnen zog ein langes, leicht gebogenes Schwert aus einem Gürtel und machte Anstalten, sich mutig auf den Eisdrachen zu stürzen. Anscheinend glaubte er seine Männer hinter sich, aber die waren schon vor Angst geflohen. Gerade, als der Anführer sein Schwert erhob und auf den Drachen einstechen wollte, stieß Glacierus einen eisigen Strahl aus. Augenblicklich erstarrte der Mann zu einer Eissäule. „Ich danke dir, Glacierus, aber was machen wir nun mit ihm?", fragte Konrad.

„Nichts, er taut von allein auf, sobald es wieder warm wird", erwiderte der Drache lächelnd.

„Hoffentlich hat meine Mutter von alledem nichts mitbekommen. Ich werde mal nach ihr schauen." Konrad eilte ins Haus, doch seine Mutter schlief noch. Er weckte sie und sagte ihr, dass er alles erledigt hätte. In zwei Tagen würde er wiederkommen. Die Mutter war es zufrieden und schlief weiter.

„Nun zu deiner Familie?", fragte Glacierus, als Konrad auf seinen Rücken gestiegen war.

„Ja, schon, aber ich mache mir Sorgen um meine Mutter. Sie ist in ihrem Haus so allein. Selbst wenn sie gesund wäre, könnte sie nichts gegen solche Räuber ausrichten."

„Könnte sie nicht bei euch wohnen?"

„Dafür ist unser Haus zu klein und wir haben kein Geld, um noch ein Zimmer anzubauen. Ach, was soll ich nur machen?"

Glacierus antwortete nicht darauf. Konrad hoffte, dass dem Drachen noch etwas einfallen würde. Der Flug verlief ruhig. Immer noch war es bitterkalt. Konrad hatte sich von seiner Mutter eine Decke mitgenommen, in die er sich nun einhüllte. Aber die Decke erfüllte kaum ihren Zweck, denn der Eiswind biss sich durch sie hindurch. Konrad hoffte sehr, dass der Flug bald ein Ende haben würde. Endlich setzte Glacierus zur Landung an. So wie sie es vereinbart hatten, suchte er einen Platz abseits von Konrads Haus. Nachdem dieser abgestiegen war, wechselte er noch ein paar Worte mit Glacierus und ging dann zu seinem Haus.

Als Konrad die Tür aufmachte, empfingen ihn große, freudig strahlende Augen. Seine Frau, Max und Lina stürmten auf ihn zu. Sie wollten ihn nicht mehr loslassen.

„Im Schneesturm habe ich mich im Wald verirrt. Da fand ich eine Höhle und wartete dort den Sturm ab. Da der so lange gedauert hat, bin ich gleich wieder zu meiner Mutter zurück, um nach ihr zu schauen. Ihr ging es gut, so machte ich mich auf den beschwerlichen Heimweg zu euch", berichtete er.

Seine Familie war froh, dass er unbeschadet heimgekehrt war. Nachdem sie zu Mittag gegessen hatten, ging Konrad noch einmal zum Eisdrachen, um sich bei ihm zu bedanken.

Glacierus wartete schon sehnsüchtig auf ihn, denn er wollte zurück in den schönen, kalten Winterwald. „Bestimmt hat sich deine Familie gefreut, dass du unversehrt nach Hause gekommen bist", sagte er.

„Das ist wohl wahr. Sie hatten Angst, ich würde nie mehr zurückkehren", erwiderte Konrad.

„Bevor ich dich verlasse, möchte ich dich fragen, ob ich dir noch einen Wunsch erfüllen kann", sagte der Drache.

„Ich habe nur den einzigen Wunsch, meine Mutter zu uns zu nehmen. Aber das wird wohl nicht möglich sein", antwortete Konrad

„Wir Drachen können nicht nur sprechen, sondern auch wundersame Dinge vollbringen. Vertraust du mir?"

„Ich weiß nicht, was du vorhast, doch ich vertraue dir", erwiderte Konrad.

„Ich werde dich und deine Familie nun in einen Schlaf versetzen. Wenn du aufwachst, wird alles anders sein als zuvor."

Konrad konnte nichts mehr sagen. Er fiel in einen tiefen Schlaf, seine Familie ebenso. Glacierus erhob sich in die Lüfte und flog in die Richtung, aus der sie gekommen waren.

\* \* \*

Einige Zeit später wachte Konrad wie von Zauberhand auf. Glacierus stand ganz gelassen neben ihm. Erstaunt sah Konrad, dass das Häuschen seiner Mutter neben dem seinen stand. Er glaubte zu träumen.

„Was ist geschehen? Wie kommt das Haus meiner Mutter hierher?", fragte er völlig verwirrt.

„Ich bin zu ihr geflogen und habe sie auch in Schlaf versetzt, damit sie nichts mitbekommt. Da wir Eisdrachen zu den stärksten Drachen gehören, war es für mich ein Leichtes, das Haus vorsichtig von oben zu greifen, hochzuheben und zu euch zu tragen. Jetzt ist deine Mutter immer in der Nähe. Bevor ich mich verabschiede, werde ich sie und deine Familie ebenfalls aus dem Schlaf erwecken. Wenn sie dich fragen, was passiert ist, dann sage, dass du für all das keine Erklärung hast und es sich nur um ein Wunder handeln kann."

„Ich bin dir unendlich dankbar. Es ist gut, einen Freund wie dich zu haben", erwiderte Konrad voller Freude. Als Glacierus sich dann in die Lüfte erhob, schaute er ihm traurig nach.

* * *

Und wenn sie nicht gestorben sind, dann hüten sie noch heute ihr Geheimnis.

# Durch den Schleierwald

von **Günther Kienle**

»Ähm, hört mich jemand?« Leo stand vor dem Wald und spähte in die Bäume. Seine Hand spielte mit der Silbermünze in der Hosentasche. Doch in den Blättern schwatzte nur eine Gruppe Meisen sinnloses Zeug. Er ging ein paar Schritte weiter und versuchte es noch einmal: »Hallo! Hört mich jemand?«

Über ihm keckerte es. Dort, wo ein abgestorbener Ast in den wuchtigen Stamm einer Eiche mündete, posierte ein Eichhörnchen auf den Hinterbeinen. Mit den Vorderpfoten krallte es sich in der Rinde fest, gerade so, als lehnte es sich lässig an, um auf ihn zu warten. »Wen suchst du denn?«, fragte es.

»Kennst du den Löwenzüchter?«

»Einen Löwenzüchter?«

»Die alten Leute reden von der Zeit, in der es in der Stadt viele zahme Löwen gab. Er soll steinalt sein und irgendwo im Nebelwald leben«, erklärte Leo.

Das Eichhörnchen huschte zu ihm bis zur Spitze des toten Astes und legte den Kopf schief. »Wieso hast du niemanden in der Stadt nach dem Weg gefragt?«

119

Leo überlegte, was er antworten sollte. Seine Freunde hatten ihn ausgelacht, als er ihnen von seinem Traum erzählte. Er wollte nicht auch von den Erwachsenen für einen Spinner gehalten werden.

Zum Glück ersparte ihm das Tier die Antwort. »Ich kenne einen alten Züchter – im Schleierwald«, sagte es.

Das würde er wohl sein. So viele Züchter gab es in den Wäldern sicher nicht. Außerdem waren Nebelwald und Schleierwald gleichermaßen verrufen.

»Kannst du mir den Weg dorthin beschreiben?«

»Vergiss es, den findest du alleine nie. Was willst du denn mit einem Löwen?«

»Heute ist der Tag, an dem ich meinen Gefährten wähle. Ich bin ein Zauberlehrling.«

»Ach, und ich dachte, du seist Kaiser Ottos Spitzengladiator auf der Suche nach einem Sparringspartner.«

»Wenn du mir nicht helfen möchtest, dann noch einen schönen Tag.« Leo hatte keine Lust, sich von einem kleinen Nager verspotten zu lassen.

»Nimm halt eine Katze oder einen Raben«, rief das Eichhörnchen.

»Raben? Die sind total Achtziger! Und Katzen hat doch wirklich so ungefähr jeder zweite Zauberlehrling. In der Schule wimmelt es nur so von Katzen. Die andere Hälfte hält sich Eulen. Du glaubst nicht, wie viele davon *Hedwig* heißen. Furchtbar!«

Seine Freunde Eifos und Artep hatten vor, die Stadt durch das Westtor zu verlassen, um nach einer Eidechse und einem Frettchen zu suchen. Ihre Chancen standen wesentlich besser als seine. Warum hatte er auch nur eine so große Klappe?

»Du findest also Löwen cool. Aber sind die nicht etwas … unhandlich?«

»Ich heiße Leo, da passt ein Löwe. Außerdem werden Zwerglöwen nicht größer als einen Meter.«

»Wenn du willst, bringe ich dich zu dem Züchter, den ich kenne.«

»Prima! Aber ich muss bis Sonnenuntergang wieder zurück sein.« Leo rülpste. »Sorry. Ist der Sprechtrank. Der ist echt peinlich.«

»Trag mich und ich sage dir, wo's lang geht.« Das Eichhörnchen sauste über den Ast zum Stamm, flitzte dann kopfüber hinunter.

Mit wenigen Sprüngen war es bei Leo, hangelte sich an den Hosenbeinen hoch, saß flugs auf seiner Schulter.

Leo drehte den Kopf, um es anzusehen. »Wie heißt du denn?«

»Wie viele Eichhörnchen kennst du, die einen Namen haben?«

»Heute spreche ich zum ersten Mal mit Tieren. Keine Ahnung.«

»Dort vorn ist ein kleiner Wildwechsel, der ins Dickicht führt. Siehst du ihn?«

Leo nahm die Hand vor den Mund, unterdrückte einen weiteren Rülpser, nickte und lief los. Seine Freunde würden staunen, wenn er mit einem Löwen zurückkehrte.

* * *

Nachdem er etwa drei Stunden marschiert war, floss Leo der Schweiß über das Gesicht und in den Nacken, obwohl eine kühle Brise wehte. Er lupfte den nachtblauen Zylinder und wischte sich die Stirn.

»Tragen Zauberer sonst nicht einen Spitzhut?«, fragte das Eichhörnchen und hüpfte über Leos Kopf zu einem anderen Ast.

»Das ist was für alte Säcke. Zylinder haben Style!«

»Du hast also einen stilvollen Meister.«

»Hm …« Was sollte Leo darauf antworten? »Der trägt einen Spitzhut.«

»Meine Empfehlung an den alten Sack«, kicherte das Eichhörnchen. »Wir sind übrigens schon im Schleierwald.«

Leo sah sich um und beobachtete die Nebelschwaden, die zwischen den Bäumen krochen.

Das Eichhörnchen schüttelte sich. »Bin selten in dieser ungemütlichen Gegend. Gruselt mich immer. Hab zwar eine Menge Verwandtschaft hier, aber die ist mir etwas zu ungehobelt.«

Leo setzte seinen Zauberhut wieder auf, ließ Schultern und Arme sinken. Dann blickte er in den Wald. Die Städter erzählten viele Geschichten vom Schleierwald – schauderhafte Geschichten. Selbst Sinul Splitteraxt, der stärkste Krieger der Stadt, schlug angeblich einen Bogen um dieses Gehölz. Aber der Wunsch nach einem besonderen Gefährten war stärker als seine Angst. Na ja, wenn Leo ehrlich war: etwa gleich groß.

»Du kennst dich hier aus?«, fragte er seinen Gefährten.

»Ich erreiche meine Ziele, keine Sorge.« Das Eichhörnchen keckerte.

Voller Unbehagen stapfte Leo durch den Farn, der den Trampelpfad überwucherte.

»Da vorn geht's links in die Büsche«, rief ihm das Eichhörnchen von dem Ast über ihm zu.

Leo zwängte sich durch Haselnussgestrüpp und scheuchte wild surrende Mücken auf. Notgedrungen ohrfeigte er sich, um die kleinen Stechteufel loszuwerden. Beinahe hätte er dabei seinen Begleiter von der Schulter gefegt.

Er war so mit den Plagegeistern beschäftigt, dass er fast über die winzige Frau gestolpert wäre, die, das braune Kleid bis zu den Knien hochgerafft, vor einem Strauch auf dem Boden kauerte. Böse funkelte sie ihn an und keifte: »Unverschämter Bengel!«

»Huch. Suchst du Pilze? Ist 'ne recht feuchte Stelle, wo du hockst«, entfuhr es Leo.

Das Eichhörnchen packte sein Ohr und flüsterte: »Entschuldigen und wegrennen! Das ist eine Waldfee, die sind giftig.«

»Tschuldigung«, stieß Leo hervor.

Dann rannte er los. Er zerkratzte sich Gesicht und Hände am Unterholz. Die Nebelschwaden verdichteten sich und er stoppte erst, als er nicht mehr konnte – was allerdings schon nach einer knappen Minute der Fall war. Sein Herz pochte gegen die Rippen, er fühlte sich noch mulmiger.

Vor ihnen öffnete sich eine düstere Lichtung, die ein Tümpel fast vollständig ausfüllte. Eine Kröte schwamm durchs Schilf ans Ufer und kroch über den Matsch auf Leo und seinen Begleiter zu. Sie sah aus wie eine aufgeblähte Salzgurke mit hässlichen Augen.

»Küss mich Jüngling! Ich bin eine verzauberte Prinzessin«, säuselte sie.

»Kannst du knicken, Alter!« Leo schüttelte sich so heftig, dass das Eichhörnchen auf seiner Schulter protestierte.

»Du bekommst ein halbes Königreich und wir leben bis ans Ende unserer Tage zusammen.«

»Ich küsse doch keinen Frosch und hänge für den Rest meines Lebens in einem Schloss rum.«

Das Eichhörnchen wippte ungeduldig. »Nun küss sie halt und dann weiter. Du hast nicht den ganzen Tag Zeit.«

»Hüpf wenigstens noch ein Stück vom Sumpf weg. Da drüben kann ich mich hinknien, ohne meine Robe zu versauen«, erwiderte Leo.

Die Kröte sprang auf den trockenen Waldboden. Leo sank auf die Knie, verzog das Gesicht. Mit angehaltener Luft spitzte er die Lippen und küsste die Kröte. Der darauffolgende Knall fuhr ihm durch die Glieder. Sein Herz schien, ein paar Schläge auszusetzen. Ein Knie schlug Leo so heftig auf die Nase, dass er nach hinten kippte. Über ihm stand ein wunderhübscher junger Mann in einem wallenden hellen Gewand mit lockigen blonden Haaren und spitzen Ohren.

Lächelnd reichte er Leo die Hand. »Steh auf, mein Retter.« Er zog Leo hoch.

»Du bist gar keine Prinzessin!«

»Oh, sagte ich *Prinzessin*?« Unter den Lippen des Hübschen ragten zwei Reihen spitzer Zähne hervor. »Ich bin ein Prinz und ich glaube, wir werden uns gut vertragen.« Ohne Leos Hand loszulassen, rückte er näher, legte die andere Hand auf seine Schulter und sagte: »Du hast so weiche Locken, eine richtige Mähne – und so sanfte Augen.«

Leo rülpste.

»An den Manieren müssen wir noch arbeiten, du kleiner Racker.«

»Lass mich los!« Panisch stieß Leo dem Elfen gegen die Brust, um sich zu befreien.

Da schrillte ein Pfiff durch den Wald. Der Elf verzog das Gesicht und hörte auf, Leo durch die Haare zu streichen. Das Rascheln in den Blättern schwoll zu einem Tosen.

Ein Hagel Nüsse prasselte auf den schönen Elfen, die eine oder andere traf Leo. Beide duckten sich und versuchten, ihre Köpfe mit den Händen zu schützen.

Dem Prinzen wurde es zu viel, er rannte davon und jammerte: »Ihr verteufelten Nuss-Terroristen! Meine Krieger werden euch jagen, braten und einen Mantel aus euren Fellen nähen.«

Leo rülpste erneut. Sein rechtes Ohr brannte. Deutlich spürte er, dass auf seiner Stirn die ersten Beulen quollen. Er hob seinen Zylinder auf und sah sich vorsichtig nach dem Elfen um.

»Der ist weg.« Sein kleiner Begleiter hüpfte über den Waldboden auf ihn zu, um schnell wieder zurück auf seine Schulter zu klettern. »Und meine Verwandtschaft auch.«

»Die sind wirklich grob. Aber wir hatten Glück, dass sie in der Gegend waren.«

Das Eichhörnchen keckerte.

\* \* \*

Zur Mittagszeit erreichten sie eine gewaltige Lichtung. Eine Wiese führte sanft zu einem Bauernhäuschen hinab. Neben dem Haus standen ein schiefer Schuppen, in dessen dunklem Holz einige Bretter fehlten, und ein verlassenes Gehege. Von einem Löwen keine Spur.

»Wir sind da«, sagte das Eichhörnchen.

»Aber hier gibt es ja gar keine Tiere.«

»Was kann ich dafür?«

Leo wurde stinksauer. Den halben Tag war er nun durch diesen verwunschenen Wald gestolpert. Mindestens zwei Frettchen hatten seinen Weg gekreuzt, am Krötentümpel war ein Salamander herumgeflitzt. Artep und Eifos stolzierten sicher schon mit ihren Gefährten in der Stadt herum. Und er?

»Die Bruchbude ist bestimmt auch leer«, maulte Leo.

»Sieh nach, dann weißt du's. Ich warte so lange am Waldrand. Freie Flächen sind nichts für mich.« Mit wenigen Sätzen jagte das Eichhörnchen den nächsten Baum hinauf und blickte auf ihn hinunter.

Leo zuckte mit den Schultern und lief los. Doch so verlassen war das Anwesen nicht. Im Schuppen sang ein Mann von kalten Nebelbergen, fernem Zwergengold und listigen Drachen. Er kannte das Lied, ging vorsichtig näher, schielte durch die offene Tür. Es roch nach Medizin. Ein Zauberer in den besten Jahren, mit schütteren Haaren und einem weißgrauen Bart, stand neben einer Vorrichtung aus Kupfer und Glas, aus der es dampfte. Mitten in der dritten Strophe bemerkte er seinen Zaungast und verstummte.

»Ah, Besuch.« Ein Lächeln zeichnete sich in das freundliche Gesicht.

Der Mann wischte seine Hände an einer dicken schwarzbraunen Lederschürze ab. »Ich bin Gyndalf, der Ergraute.«

»Ich suche einen Löwenzüchter«, sagte Leo.

»Du meinst sicher Aurelius, den Goldenen.«

»Weiß nicht. Ich dachte, du wärst vielleicht der Züchter.«

»Der Einzige, der Löwen züchtet, ist Aurelius und der lebt im hinteren Ende des Nebelwaldes. Das ist eine knappe Tagesreise von hier.«

Leo erschrak. »Ich brauche den Löwen aber heute.«

»Du suchst einen Gefährten?«

Leo senkte den Kopf und nickte traurig. Er hatte keinen Plan B. Mit einem Raben wollte er nicht zurückkehren.

»Und jetzt rennt dir die Zeit weg«, sagte Gyndalf mitfühlend.

Wieder nickte Leo.

»Nun, die Tiere aus dem Schleierwald scheiden aus. Die sind allesamt so ...« Gedankenverloren drehte Gyndalf sich wieder zu seiner Apparatur. Er hantierte an einem Glaskolben herum, der unter einem Rohr stand und eine klare Flüssigkeit aufnahm.

Erst jetzt bemerkte Leo den vernarbten Zwergdrachen, der sich neben einem riesigen Kupferkessel auf dem Tisch rekelte. Er war nicht viel größer als eine Katze.

»Wir brauchen noch ein paar Grad«, brummte Gyndalf.

Prompt spie das Wesen einen kurzen Feuerstrahl, der sich an den Kupferwänden brach.

»Ein Drache!«

»Ja, mein Gefährte. Er kam zu mir, als ich etwa so alt war wie du. Früher züchtete ich welche, draußen im Gehege.«

»Schade. Wenn schon kein Löwe, dann wäre ein Drache echt cool gewesen.«

Gyndalf schmunzelte. »Sind nicht ganz pflegeleicht, die kleinen Biester, aber lange Zeit waren die mal ungeheuer angesagt.« Die Lachfalten verschwanden, sein Gesichtsausdruck wurde melancholisch. »Heute wollen alle nur noch Kuscheltiere: Katzen, Eulen, manchmal sogar Hunde. Verschmuste Gesellschaft.«

Der angegraute Zauberer nahm zwei Gläser aus einem Wandbord, stellte sie auf den Arbeitstisch und sagte: »Jetzt trinken wir erst mal einen Rosselwurz. Der hilft gegen so ziemlich alles: Kuscheltiere, Darmparasiten und das Elend der Welt.«

Er schenkte die Gläser daumenbreit ein und hielt seinem Gast eines davon unter die Nase.

Leo hatte noch nie von dieser Pflanze gehört, aber der Geruch nach Pferden und modrigen Wurzeln war unverkennbar.

»Ist das Alkohol?«

»Das ist Medizin für einen alten Zauberer, den sie in die Einsiedelei geschickt haben und von dem keiner mehr Drachen kaufen will.«

Leo rang mit sich. Sollte er nach dem Grund fragen? Schließlich siegte seine Neugier. »Warum schickten sie dich hierher?«

Gyndalf schüttelte den Kopf. Offensichtlich wollte er darauf nicht antworten. Stattdessen sagte er: »Lass uns einen Schluck trinken. Wohlsein.«

Sie tranken die Gläser leer. Der Zauberer blickte versonnen vor sich hin.

Leo hustete. »Jetzt kann ich auch Feuer spucken«, brachte er schließlich hervor.

Gyndalf lachte.

»Schade, dass du keine Drachen mehr züchtest.«

»Hättest du denn einen genommen?«

Leo nickte und blickte voller Bewunderung zu dem Gefährten des Zauberers. »Du weißt nicht zufällig, wo ich heute noch einen Drachen herbekomme?«

»Nun, mein Vertrauter und ich haben zwar ein paar Jahre auf dem Buckel, aber *so* alt sind wir auch wieder nicht.« Er lachte über seinen Witz und schenkte sich nach. »Kürzlich bekam sein Weibchen einen Nachzügler. Vor einem Monat ist er geschlüpft.«

Leos Augen weiteten sich, sein Unterkiefer sank um mehrere Zentimeter.

Gyndalf lehrte sein Glas und stellte es auf den Tisch. »Ich zeige ihn dir.«

Der Zauberer führte ihn zu einem kleinen Gehege hinter dem Schuppen. Dort saß ein dunkelgrüner Drache, vielleicht zwei Handbreit groß. Über den ganzen Körper verteilten sich hellgrüne Sommersprossen. Beinahe wäre Leo damit herausgeplatzt, wie süß er das Tier fand. Doch er beherrschte sich, denn er kannte ja Gyndalfs Einstellung zu diesem Thema. »Wie heißt er?«

»Gib ihm einen Namen und heb ihn auf die Schulter. Wenn er bei dir bleibt, ist er dein Gefährte.«

Behutsam öffnete Leo das Türchen und kniete sich vor den Kleinen. Vorsichtig streckte er die Hand aus. »Tabasco, komm!«

Tatsächlich tapste das Tier auf ihn zu und wehrte sich nicht, als Leo es sich auf die Schulter setzte. Sanft fauchte der Drache ihm ins Ohr.

Gyndalf lehnte am Gitter. Er strahlte. »Ein famoser Name. Ihr werdet euch ohne Zweifel gut verstehen.«

Stolz erhob sich Leo und hielt sich schnell die Hand vor den Mund. Gleichzeitig mit dem Drachen rülpste er. Eine Flamme, nicht größer als die einer Kerze, versengte Leos Ohr. »Au, das tut weh.«

»Das ist der Grund, warum ich keinen langen Bart trage. Früher musste ich mir immer die verbrannten Stellen rausschneiden. Irgendwann habe ich ihn dann kurz geschoren.« Gyndalf fischte ein Döschen aus seiner Hosentasche und strich Salbe auf Leos Ohr. »Die gebe ich dir wohl besser mit«, fügte er hinzu.

»Ich darf den Drachen wirklich behalten?«

»Was sollte ich mit dem kleinen Burschen anfangen?«

Vor Glück wäre Leo am liebsten aus dem Pferch geschwebt.

Jetzt konnte er sich einen Löwen als Gefährten gar nicht mehr vorstellen. »Bekommt er denn kein Heimweh, ohne seine Mutter?«

Gyndalf wieherte los. »Das ist ein Drache, kein Plüschhäschen! Das Weibchen ist seit einer Woche auf Streifzug durch die Wälder und kümmert sich kein bisschen um ihren Nachwuchs.«

»Wie soll ich ihn füttern?«

»Gib ihm in den ersten Monaten ab und zu einen Brocken Fleisch. Danach sorgt er für sich selbst.«

»Ist er irgendwie ... gefährlich?«

»Ach, was! Bis er stubenrein ist, solltest du ihn allerdings nicht in ein brennbares Körbchen legen. Und manchmal sind Drachen etwas starrsinnig. Dann spucken sie eine Minute lang Feuer, aber höchstens so einen halben Meter. Und deiner ist ja noch klein. Nur stell dich besser nie direkt vor einen wütenden Drachen. Die können ziemliche Teufel sein.«

»Ich wünschte, er würde schon sprechen.«

»Da musst du dich gedulden. Dein Meister wird euch heute Nacht verbinden. Danach dauert es fünf Monate und fünf Tage.« Gyndalf beugte sich zu Leos unverletztem Ohr und flüsterte: »Es gibt Momente, da wäre ich froh, wenn sie nicht

sprechen könnten. Manchmal schimpft mein Drache mit mir.«
Er zwinkerte Leo zu.

Verlegen zückte Leo eine Silbermünze. Aber kaum streckte er sie dem Zauberer entgegen, wehrte der ab. »Kommt gar nicht infrage. Wo steht denn, dass man für Gefährten zahlen muss?«

»Du bist doch ein Züchter.«

»Papperlapapp. Die Zeiten sind rum. Er ist ein Geschenk und nun los, dein Meister wartet sicher schon auf dich. Falls du Lust hast, schnei mal wieder vorbei. Nur würde ich an deiner Stelle nicht mehr durch den Schleierwald kommen.«

Verschämt steckte Leo die Münze weg und reichte dem Zauberer die Hand. »Vielen Dank, bis zum nächsten Mal.«

»Ja, ja. Sei nicht so förmlich. Viel Spaß mit deinem kleinen Tabasco.«

Nachdem sie das Gehege verlassen hatten, blickte Gyndalf Richtung Waldrand. »Sieht so aus, als würde ein … Eichhörnchen auf dich warten. Halt dich besser von ihm fern.«

»Es hat mich zu dir geführt.«

Gyndalf kratzte sich den Bart. »So, so.«

* * *

»Einen hübschen Drachen hast du da. Jetzt muss ich wohl auf der anderen Seite Platz nehmen.« Das Eichhörnchen grinste.

Stolz sah Leo zu Tabasco und kraulte ihn unter dem Kinn. Obwohl der Drache kein Schmusetier war, schien ihm das zu gefallen, denn er schnurrte wie ein Kater. Mit den beiden Tieren auf den Schultern drehte er sich noch mal zur Wiese und winkte dem Zauberer, der immer noch vor seinem Schuppen stand.

* * *

Der Rückweg erschien Leo viel kürzer. Diesmal tänzelte er mehr, als dass er stolperte. Manche Stellen schienen ihm vertraut, an andere konnte er sich überhaupt nicht erinnern. Schließlich erreichten sie wieder den Tümpel, den sie zwischen Morast und Waldrand umrundeten. Es platschte. Vom anderen Ufer schwamm etwas auf sie zu. Der Drache krallte sich in Leos wundes Ohrläppchen und fauchte.

»Au! Ja, ich hab's auch gesehen«, rief Leo.

Das Eichhörnchen keckerte. Mittlerweile näherte sich das Ding im Wasser und hüpfte an Land. Es sah aus wie eine aufgeblähte Salzgurke mit hässlichen Augen.

Leo stemmte die Hände in die Hüften. »Wenn du mir jetzt erzählst, du wärst eine hübsche Prinzessin, dann endest du als Drachenfutter.«

Die Kröte quakte. »Hm, nein, ich bin ein verwunschener Elf.«

»Aber nicht der Anhängliche von heute Morgen, oder?«

»Doch«, gab die Kröte kleinlaut zu. »Genau der.«

»War mein Kuss zu schwach?«

»Bei der Flucht vor dem Nusshagel bin ich in eine Waldfee gerannt. Mann, war die sauer!«

»Also noch 'nen Kuss kannst du vergessen.« Leo wandte sich ab und ging weiter.

»Würde auch nichts nützen«, krächzte ihm die Kröte hinterher. »Diesmal muss mich eine Prinzessin erlösen.«

»Ich schicke dir eine vorbei, falls ich mal eine treffe«, rief ihm Leo über die Schulter zu.

Die Antwort des Elfen hörte er nur ganz schwach: »Das könnte wohl noch eine Weile dauern.«

Wenige Minuten später erreichte Leo die Stelle, an der er die kleine Waldfee getroffen hatte. Ihm war flau im Magen, doch zum Glück war sie weg. Der Drache wippte auf und ab, als würde ihm die Reise gefallen. Das Eichhörnchen schwieg.

* * *

Vom Waldrand aus sah Leo die Dächer seiner Heimatstadt. Er schlug den Weg zum imposanten Südtor ein. Als er an der Eiche mit dem toten Ast vorbeiging, sprang das Eichhörnchen von seiner Schulter und fegte den Baum hinauf. Oben angekommen legte es den Kopf schief und keckerte: »Viel Spaß mit deinem Gefährten, auch wenn es ja leider kein Löwe ist.«

Leo hob die Hand zum Gruß und sagte: »Danke für deine Hilfe.« Er stolzierte über die Wiesen auf die Stadt zu. Seine Freunde und der Meister würden staunen. Da zog ihn Tabasco am Ohr und fauchte. Verwundert bemerkte Leo, wie der kleine Drache mit seiner Kralle zum Wald deutete. Leo sah zunächst nichts Auffälliges, aber dann entdeckte er auf einem Ast der Eiche ein rotes Teufelchen mit schwarzen Hörnern. Seine Beine und sein Schwanz baumelten herab. Der kleine Kerl schien frech zu grinsen.

»Oh«, entfuhr es Leo, »hoffentlich ist dem Eichhörnchen nichts passiert.«

# Drache und Hase

von **Anja Puhane**

Die Geräusche nahmen ihr schier den Atem. Sie hielt sich die Ohren zu, aber das brachte die Stimmen in ihrem Kopf nicht zum Verstummen. Um die vielen tausend Einzelbilder ihrer Umgebung auszublenden, schloss sie die Lider. Es blieben immer noch die Gerüche, die wie Farben durch ihr Gehirn flossen.

„Kyra, alles okay?" Noel sah sie mit seinen braunen Augen an und berührte leicht ihren Arm.

Sie zuckte zurück, als hätte sie sich verbrannt. „Ich muss kurz Luft schnappen", murmelte sie, nahm ihre Jacke von der Sofalehne, sprang auf und schob Noel wie ein lästiges Hindernis beiseite. Dann drängte sie sich durch die Menge der tanzenden Leiber ihrer Mitschüler, lächelte ihrer Schwester Nia kurz zu, lief durch den kurzen Gang zur Ausgangstür.

Draußen hörte sie das Wummern der Bässe nur noch gedämpft. Sie atmete tief ein, schrieb dann auf dem Smartphone eine kurze Nachricht an Nia: *Ich gehe nach Hause. Viel Spaß noch! Küsschen.* Ihre Schwester würde es verstehen.

Nia war die Einzige, der Kyra je von den Stimmen, Bildern und Farben erzählt hatte, von den tausend Eindrücken, die ihr manchmal fast den Verstand raubten. An guten Tagen funktionierte ihr Hirn wie ein Supercomputer, der alles speichern und blitzschnell verknüpfen konnte. Dann beneidete Nia sie um diese Gabe – und nicht nur Nia. Schließlich profitierte die ganze Klasse davon.

An weniger guten Tagen spielte diese tolle Maschine verrückt. Alle Informationen strömten gleichzeitig auf Kyra ein. Dann hatte sie das Gefühl, ihr Kopf würde bersten. Das waren auch die Tage, an denen ihre Haut prickelte und komisch schimmerte. Davon allerdings hatte sie Nia nichts erzählt.

Kyra atmete noch einmal tief durch, bevor sie sich auf den Heimweg machte. In den stillen Straßen der Stadt hörte sie nur ihren eigenen Atem und entferntes Hundebellen. Einer Eingebung folgend nahm sie die Abkürzung durch den Park, wobei Park der falsche Begriff war. Eigentlich handelte es sich um eine große Wiese, auf der Hundebesitzer gern ihre Tiere ausführten. Jetzt war keiner mehr unterwegs. Nur der Vollmond beleuchtete den Weg, der quer durch das Gras verlief.

*Da ist sie!*

Kyra nahm den Gedanken wahr, bevor sie das Rauschen großer Flügel hörte und ein Schatten den Mond verdunkelte. Nahezu gleichzeitig rannte sie los. Sie war eine schnelle Läuferin, aber nicht schnell genug. Ein heißer Luftstrom setzte die Wiese auf der rechten Seite in Brand. Kyra erhöhte ihr Tempo. Der Flügelschlag war jetzt direkt über ihr, sie stoppte abrupt, drehte um, aber ein Feuerstoß schnitt ihr den Rückweg ab.

*Kyra!*

Wie seltsam. Sie hörte ihren Namen nur in Gedanken. Sie erstarrte, spürte wieder das Prickeln auf der Haut. Die Stimme klang dunkel, aber jung – wie die eines jungen Mannes. Sie wandte sich um. Hinter ihr auf dem Weg stand ein Drache. Grün-blau schillernd. Nicht so groß, wie sie sich einen Drachen vorgestellt hatte. Eher wie ein Elefant.

*Kyra!*

Die Stimme klang jetzt sanfter, er blickte sie an. Mit dunkelblauen Augen, die kein bisschen den Schlangenaugen ähnelten, die sie erwartet hätte. Genau betrachtet wirkten sie – menschlich.

„Woher kennst du meinen Namen?", fragte sie. Ihre Haut prickelte. Angst verspürte sie nicht, eher Neugier.

Der Drache legte den Kopf schief, schien zu schmunzeln. *Du bist eine von uns.*

„Wie, *eine von uns*? Von wem?", fragte sie und runzelte die Stirn.

„Ich bin doch kein Drache. Und hey, Drachen gibt es eigentlich gar nicht."

Ihr Gegenüber lachte, setzte dann ein weiteres Grasbüschel in Brand. *So, uns gibt es nicht. Was bin ich dann?*

Gute Frage. Wurde sie jetzt verrückt?

*Du hast recht, Kyra. Genau genommen gibt es keine Drachen. Wir sind nämlich Gestaltwandler. Das heißt, meist sind wir Menschen, zumindest äußerlich. Aber manchmal sind wir Drachen. Das ist unsere andere Gestalt.*

„Ach, warum sieht man dann nicht häufiger Drachen? Ich meine, warum habe ich noch nie von all dem gehört?"

Er legte den Kopf schief. *Wir haben geschworen, uns unauffällig zu verhalten, unsere besonderen Fähigkeiten nur im Notfall zu nutzen.*

Allmählich machte das Prickeln sie wahnsinnig.

*Manche von uns wissen noch nicht einmal etwas von ihren Fähigkeiten. Sie merken nur, dass sie anders sind. So wie du.*

„Wie ich?" Kyra lachte. „Ich bin eine ganz normale sechzehnjährige Schülerin."

*Ja, eine mit besonders guten Noten, die sich einfach alles merken kann und alles sofort versteht, als hätte sie es schon immer gewusst. Hast du dich nie gefragt, warum das so ist?*

Kyra schüttelte den Kopf. „Nein, ich wollte immer nur so sein wie alle anderen."

*Genauso dumm?*

„Ja."

*Das ist doch Blödsinn. Du bist eine von uns. Es schimmert durch deine Haut. Ich kann es in deinem Kopf sehen. Und du weißt es auch.*

„Nein!" Trotzig reckte sie das Kinn vor. Dann spannte sie alle ihre Muskeln an und rannte los. Durch den unversehrten Teil der Wiese. Schräg an dem Drachen vorbei, sodass der sich erst umständlich drehen musste, um die Verfolgung aufzunehmen.

Sie dachte an kleine, wendige Tiere, an Hasen, die Haken schlugen. Etwas geschah mit ihr. Das spürte sie. Als Hase raste sie im Zickzack über die Wiese bis zur Straße. Scheinwerfer blendeten ihre Sicht, aber sie rannte weiter, bis sie einen Wohnblock erreichte. An eine Hauswand gedrückt blickte sie an sich hinunter. Sie war wieder Kyra, ein fast normales Mädchen.

Es war wieder geschehen. Beim ersten Mal hatte ein großer Hund sie in die Enge getrieben. Sie hatte sich gewünscht, einfach fortfliegen zu können und war tatsächlich als Vogel über die Felder geflogen. Dennoch war sie sich nie ganz sicher, ob sie das doch nur geträumt hatte. Vielleicht war es so: ein Traum von Hund, Drache, Vogel und Hase.

Langsam löste sie sich von der Hauswand, blickte sich um, ging die Straße entlang. Alles schien ruhig. Keine Spur von einem Drachen. Trotzdem fühlte sie eine Bedrohung. Ihre Haut prickelte wieder. Etwas schnürte ihr die Kehle zu. Das hatte sie nicht gefühlt, als ihr der Drache begegnete. Sein Gerede über Gestaltwandler hatte dazu geführt, dass sie sich vor etwas in ihrem Inneren fürchtete. Jetzt spürte sie eine Bedrohung von außen. Und sie galt nicht ihr.

Nia! Sie begann zu laufen, immer schneller, nahm, ohne darüber nachzudenken, die Abkürzung über die Wiese. Der Drache war weg. Aber auch wenn er noch da gewesen wäre, es hätte sie nicht gestört.

Je näher sie dem Schulgelände kam, desto massiver wurde das Gefühl der Bedrohung. Dann sah sie die Gruppe. Fünf Jungen standen um Nia herum. Das zierliche Mädchen wirkte noch kleiner. Kyra *sah* nicht viel von ihrer Schwester, aber sie *fühlte* Nia. Die Typen kamen ihr nur vage bekannt vor, sie gingen wohl auf eine andere Schule.

„Ah, da ist ja auch der Freak!" Ein großer Kerl mit Baseballcap drehte sich zu ihr um. „Willst du dem Schwesterlein helfen?"

„Lasst sie in Ruhe", fauchte Kyra. Ihre Haut prickelte nahezu unerträglich.

„Och, ja klar, wenn Miss Klugscheißer das sagt, tun wir das natürlich sofort."

Die Jungs lachten, zogen den Kreis enger um Nia, die leise schluchzte. Kyra merkte, wie irgendetwas mit ihr passierte. Ihr war heiß. Sie versuchte, an einen großen Hund zu denken, aber vor das Bild der Dogge der Nachbarn schob sich immer wieder ein grün schillernder Drache.

„Boah, guck mal, jetzt fängt die hässliche Kröte auch noch an zu leuchten." Der Typ mit der Kappe starrte in ihre Richtung.

Eine Hand legte sich von hinten auf ihre Schulter. Sie war kühl, angenehm kühl.

„Was habt ihr für ein Problem?" Die Stimme klang dunkel, leicht spöttisch und – bekannt.

Er drückte ganz kurz ihren Arm, dann ging der junge Mann an ihr vorbei auf die Gruppe zu. Schwarze Haare fielen ihm bis auf die Schultern. Kyra wusste, dass er blaue Augen hatte.

Die Jungs wichen zurück, nur der Typ mit der Kappe stellte sich zwischen Nia und den Schwarzhaarigen. Einen Moment standen sich beide gegenüber, dann blitzte ein Messer auf. Der Fremde reagierte blitzschnell, schlug dem Angreifer die Waffe aus der Hand, ergriff seinen Arm und drehte ihn auf den Rücken. „Lasst ihr die Mädchen jetzt in Ruhe?"

Der Junge mit der Kappe stöhnte.

„Ich deute das mal als ja." Der Schwarzhaarige ließ ihn los.

Der Junge taumelte leicht, dann ergriff er mit seinen Kumpeln die Flucht. Weinend stürzte sich Nia in die Arme ihrer Schwester. Nachdem sie sich einigermaßen beruhigt hatte, wandte sie sich an ihren Retter. „Danke. Wer bist du?"

„Ich bin … Jonah", erwiderte der junge Mann zögernd. „Kommt, ich bringe euch nach Hause."

Gemeinsam überquerten sie die Wiese. Jonah antwortete ausweichend und einsilbig auf Nias Fragen. Kyra schwieg.

Am Haus angekommen umarmte Nia ihn. „Danke, ich kann dir gar nicht genug danken."

„Na ja, eigentlich solltest du deiner Schwester danken", murmelte er.

„Kommst du noch mit rein?" Nia klang hoffnungsvoll.

Er schüttelte den Kopf.

„Aber du kommst uns in den nächsten Tagen mal besuchen?"

Als er zögerlich nickte, schien Nia zufrieden und ging ins Haus.

„Ich hätte das auch allein geschafft", sagte Kyra.

„Ich weiß, aber du hättest uns verraten.“

„Es war ein Notfall.“

„Ich weiß, aber du kannst es noch nicht steuern.“

Kyra seufzte. „Kannst du es mir beibringen?“

„Ja, sehr gern.“ Er strich ihr über die Wange. „Du bist ein ganz besonderes Drachenmädchen.“

# Dschinns und andere Schwierigkeiten

von Ivonne K. Wimper

Ich stand am Fenster und schaute hinaus. Draußen war alles still und friedlich. Im Garten lag Vaters alter Stachelschwanzdrache. Er genoss die ersten Sonnenstrahlen. Privatpersonen war es nicht gestattet, Drachen zu halten, doch bei Mitgliedern der Drachenreitergarde wurde da eine Ausnahme gemacht. Mein Vater gehörte schon sein Leben lang zur Garde, ich war seit meinem dritten Lebensjahr Mitglied bei den Nachwuchsreitern. Leider hatte ich noch keinen eigenen Drachen. Mein Vater hielt nichts von der Idee, einen zu kaufen.

»Wenn du einen Drachen willst, musst du ihn selbst fangen und zähmen«, sagte er jedes Mal, wenn ich diesen Wunsch äußerte. Leichter gesagt als getan. In unserer Gegend gab es kaum noch wilde Drachen.

»Es wird Zeit, aufzubrechen«, sagte ich zu mir, schloss das Fenster und lief nach unten.

Als ich die Küche betrat, schaute mein Vater von der Zeitung auf. »Guten Morgen, Lavender. So früh schon wach? Es sind doch Sommerferien«, staunte er.

»Ich werde nach einem Drachennest suchen«, erklärte ich. Dann ließ ich mich am Tisch nieder.

Sofort servierte mir Ludmilla, die taubstumme Elfe, das Frühstück.

»Wo willst du es heute versuchen?«, fragte meine Mutter.

»Na ja, falls ich auf Ferdinand reiten darf, kann ich das große Waldgebiet hinter Liliental durchstöbern. Dort bin ich in den letzten Jahren noch nicht gewesen«, nuschelte ich mit vollem Mund.

Mein Vater schaute mich einen Moment lang nachdenklich an. Dann schmunzelte er. »Meinetwegen, nimm den Drachen. Aber wenn dich jemand erwischt, wusste ich von nichts.« Kindern war es nicht erlaubt, außerhalb von Drachenreitschulen auf Drachen zu fliegen.

»Toll! Danke«, erwiderte ich.

Zwanzig Minuten später schwang ich mich auf den ungesattelten Rücken des alten Drachen. Der gähnte und streckte sich ausgiebig, bevor er sich gemächlich in die Lüfte erhob. Ich lenkte ihn in Richtung Wald und flog, bis die Sonne hoch am Himmel stand. Das Dorf war nicht mehr zu sehen. Bald entdeckte ich eine Lichtung. Dort landete ich den Drachen.

»Du kannst dich jetzt ausruhen, Ferdinand. Ich schaue mich hier mal um«, murmelte ich.

Das ließ sich der Drache nicht zweimal sagen. Er trottete in den Schatten, drehte sich dort dreimal im Kreis, ließ sich dann schnaufend im Moos nieder. Ich zog meinen Zauberstab aus der Hosentasche und marschierte in den Wald hinein. Nach etwa einer Stunde Fußmarsch stand ich vor einer alten Hütte. Die Tür hing schief in den Angeln, das Dach war halb eingestürzt.

»Hier wohnt bestimmt schon ewig niemand mehr«, überlegte ich laut und trat neugierig ein.

Der Staub lag zentimeterdick auf allen Oberflächen, riesige Spinnweben hingen von der Decke. Durch die blinden Fenster drang kaum Licht herein. Ich wollte schon wieder gehen, da entdeckte ich in einer Zimmerecke eine kleine Holzkiste, die mit einem gigantischen Schloss versehen war.

*Was da wohl drin ist?*, fragte ich mich.

Ich nahm die Kiste mit nach draußen ins Sonnenlicht und betrachtete sie von allen Seiten. Nur eine alte, schmucklose Schachtel mit einem viel zu großen Schloss! Ohne weiter darüber nachzudenken, richtete ich meinen Zauberstab darauf und murmelte einen Spruch. Der Deckel sprang auf und gab den Blick auf eine Flasche frei.

Als ich sie in die Hand nahm, löste sich der Verschluss. Schlagartig hüllte mich ein seltsamer Nebel ein.

*Was passiert denn jetzt?,* wunderte ich mich.

Eine Stimme, die von überall gleichzeitig zu kommen schien, dröhnte: »Ich bin Aljunni der Große. Besiege mich in einem Duell, dann werde ich dir jeden Wunsch erfüllen! Unterliege, dann werde ich dich vernichten!«

*Ein Dschinn? In der Schule haben sie uns beigebracht, dass es schon seit Jahrhunderten keine Dschinns mehr in Botanien gibt. Früher galten sie jedoch als böse und hinterhältig. Es gibt nur einen Weg, sie in einem Duell zu besiegen.* Diese Gedanken schossen mir in Sekundenschnelle durch den Kopf.

»Zeige dich, Dschinn! Gewähre mir einen fairen Kampf!«, rief ich.

Der Nebel verzog sich so schnell, wie er gekommen war. Dann sah ich mich einem Jungen in meinem Alter gegenüber. Aus Büchern wusste ich, dass Dschinns ihr Aussehen immer ihrem Gegner anpassten, um zu verwirren.

Ich grinste in mich hinein und dachte: *Manchmal haben Bücherwürmer Vorteile.* Blitzschnell richtete ich meinen Zauberstab auf den Jungen und rief: »Clauditis!«

Mit diesem Zauber nahm ich ihm die Stimme und die einzige Möglichkeit, zu hexen. Er versuchte es, merkte aber sofort, was ich angerichtet hatte. Mit vor Angst geweiteten Augen starrte er mich an.

Nachdenklich betrachtete ich die Flasche in meiner Hand. »Es wäre für mich ein Leichtes, dich wieder hier rein zu verbannen und erneut in die Kiste zu sperren«, sagte ich und schaute ihm ins Gesicht. »Ich werde es nicht tun, wenn du versprichst, ab jetzt gut zu sein.«

Aljunni hob überrascht die Augenbrauen. »Gut?«, formte er tonlos mit den Lippen.

»Es liegt in deiner Hand. Wenn du es versprichst, werde ich den Fluch von dir nehmen. Wenn nicht, verbanne ich dich wieder in die Flasche. Das ist mein Wunsch! Also, was sagst du dazu?«

Der Dschinn nickte eifrig, ich gab ihm seine Stimme zurück.

»Du musst ein mächtiger Zauberer sein, wenn du weißt, wie man einen Dschinn besiegt«, waren die ersten Worte, die er an mich richtete, dann verneigte er sich. »Ich stehe für immer in deiner Schuld, großer Zauberer.«

»Red nicht so einen Quatsch, Aljunni. Jeder hätte dich besiegen können«, lachte ich.

»Vor dir ist es aber noch niemandem gelungen«, meinte er.

»Wie bist du denn in die Flasche gekommen?«

»Das war das Werk einer hinterhältigen Hexe«, fauchte er wütend.

»Na ja, jetzt bist du frei und kannst deiner Wege gehen. Mach es gut, Aljunni! Vielleicht sehen wir uns irgendwann wieder.« Mit diesen Worten drückte ich ihm seine Flasche in die Hand, drehte mich um und setzte meinen Weg fort.

Immer tiefer ging ich in den Wald, doch von Drachen waren keine Spuren zu finden. Nach einer Weile bemerkte ich, dass der Dschinn mir in einigem Abstand folgte. Ich blieb stehen.

»Du bist frei! Warum läufst du mir nach?«, fragte ich.

»Ich kann nicht anders, ich stehe in deiner Schuld. Außerdem weiß ich nicht, wohin ich gehen soll«, erwiderte er.

»Du stehst nicht in meiner Schuld, ich habe dir die Freiheit geschenkt. Aber wenn du mich begleiten möchtest, dann komm mit, als mein Freund. Mein Name ist übrigens Lavender Rosenblatt.«

Schweigend liefen wir weiter. Am frühen Abend erreichten wir endlich die Lichtung, auf der ich mein Flugtier zurückgelassen hatte.

»Pass auf, dort ist ein Drache!«, rief Aljunni und versteckte sich hinter einem Baum.

»Das ist Ferdinand, der tut dir nichts«, erklärte ich.

»Bist du sicher?«, fragte er misstrauisch.

»Ja, bin ich. Komm, wir reiten auf ihm nach Hause.«

Die Gesichtsfarbe des Dschinns wechselte ins Grünliche. »Ich soll auf einem Drachen fliegen? Ich bin doch nicht lebensmüde.«

»Das ist total ungefährlich, ehrlich.« Ich musste lachen. »Komm schon, setz dich hinter mich und halt dich an mir fest!«

\* \* \*

»Das tue ich nie wieder«, stöhnte Aljunni, als er einige Stunden später mit wackligen Beinen mein Zimmer betrat. »Nie wieder steige ich auf den Rücken eines Drachen.«

Ich beachtete ihn nicht, zückte den Zauberstab und verwandelte mein Bett in ein Stockbett. »Unten oder oben?«, fragte ich den Dschinn.

»Mir egal«, brummte er, während er neugierig die Poster an den Wänden meines Zimmers studierte.

»Okay, dann gehe ich nach oben«, erklärte ich und richtete mich gemütlich ein.

»Gehen wir schon schlafen?«, fragte Aljunni verwundert.

»Ja, im Morgengrauen brechen wir wieder auf. Ich muss unbedingt ein Drachennest finden«, erwiderte ich und gähnte.

»Wofür brauchst du denn so was?«

»Ich *brauche* kein Drachennest. Ich hätte nur gern einen eigenen Drachen. Wie soll ich sonst Drachenreiter werden?«

»Ich könnte dir diesen Wunsch erfüllen.«

»Das wäre aber nicht richtig. Um ein echter Drachenreiter zu werden, muss ich den Drachen selbst fangen und zähmen.«

»Aha«, brummte der Dschinn. Dann verfiel er in grüblerisches Schweigen.

Ich kuschelte mich zurück ins Kissen und war bald eingeschlafen.

\* \* \*

Als ich erwachte, fehlte von Aljunni jede Spur. *Ob alles nur ein Traum war?*, überlegte ich, während ich mich anzog. In diesem Moment ertönte ein leises Ploppen. Dieses Geräusch kündigte das Erscheinen oder Verschwinden einer Person an.

»Ich habe einen Drachen gefunden. Nimm meine Hand, ich bring dich hin!«, rief der Dschinn aufgeregt, nachdem er vor mir erschienen war.

Ohne weiter darüber nachzudenken, griff ich nach seiner Hand. Im nächsten Moment befand ich mich schon in einem wilden Strudel aus Farben. Etwas später landete ich unsanft auf dem Hosenboden, sprang auf die Beine und schaute mich um. Wir standen auf dem Gipfel eines Berges, das Gebirge erstreckte sich von hier aus in alle Richtungen.

»Wo sind wir?«, fragte ich.

»In Mamorien, dem Gebirge der Zwerge. Schau, dort hinten findest du, wonach du gesucht hast. Aber sei vorsichtig!«, flüsterte Aljunni und deutete mit der Hand auf einen Höhleneingang.

Langsam schlichen wir in die Höhle hinein. Zuerst sah ich nichts, doch sobald sich meine Augen an die Dunkelheit gewöhnt hatten, entdeckte ich ihn. Ein Kaiserdrache, nicht ganz ausgewachsen! Noch waren die meisten seiner Schuppen eher bräunlich statt golden. Ich wagte kaum zu atmen.

*Warum versteckt er sich hier?*, überlegte ich. Vorsichtig kroch ich näher. Der Drache bemerkte mich, machte aber keine Anstalten, mich anzugreifen. Er hob nur den Kopf, schaute mich direkt an. Da entdeckte ich eine große, eitrige Wunde, die quer über sein Gesicht verlief.

159

»Oh nein, du bist verletzt!«, stieß ich hervor. Ich vergaß meine Angst und trat dicht an ihn heran. Nicht nur sein Kopf war verletzt, auch auf dem Rücken hatte er tiefe Wunden. Einer seiner zarten, fledermausartigen Flügel hing in Fetzen. »Du hast dich wohl mit einem erwachsenen Drachen angelegt, was?«, murmelte ich, während ich ihn vorsichtig untersuchte. »Aljunni, ich wünsche, dass du den Drachen zu uns nach Hause bringst. Er wird sterben, wenn ihm nicht geholfen wird!«, rief ich.

Kaum hatte ich es ausgesprochen, da landeten wir im Garten meiner Eltern. Sofort rief ich nach meiner Mutter. Nur Minuten später kam sie heraus, gefolgt von meiner Zwillingsschwester Cattleya. Sie erfassten mit einem Blick, was zu tun war. Ohne Fragen zu stellen, halfen sie mir, den Drachen zu versorgen. Meine Mutter war eine Heilerin, meine Schwester hatte ihre Fähigkeiten geerbt. Bald schon waren die Wunden des Drachen verschlossen; auch der gerissene Flügel begann zu heilen.

»Noch ein paar Tage, und er wird wieder fliegen können«, sagte ich zu meinem Vater, als wir am Abend nach dem Drachen sahen. »Nur schade, dass ich ihn nicht behalten kann. Dabei will ich doch unbedingt ein Drachenreiter werden«, fügte ich leise hinzu.

»Aber du bist doch längst ein Drachenreiter, mein Sohn. Wie ich selbst wirst du zur Garde gehören und ein großer Anführer sein. Übrigens, herzlichen Glückwunsch zu deinem ersten Drachen. Da hast du dir ja ein stattliches Tier ausgesucht.«

»Ich darf ihn behalten, obwohl ich ihn nicht gefangen habe?«

Da blickte mein Vater mir tief in die Augen und sagte: »Du hast ihm das Leben gerettet. Von jetzt an bis zum Ende seiner Tage wird er nicht mehr von deiner Seite weichen.«

# Anhang: Autoren, Illustratoren, Lektorin

## Autoren
### Holger Beirant,
geboren 1965, hat in den vergangenen Jahren zwei Kinder- und Jugendbücher veröffentlicht: *Wie Frau Holle das Rumpelstilzchen unter dem Sofa traf* und *Der Delphin im Sand*. Er versucht, in seinen Erzählungen neue Wege zu gehen.

### Hanna Bertini (Pseudonym)
Nach Stationen in Frankfurt (Oder), St. Louis und Aix-en-Provence lebt die Autorin mit Kind und Kegel bei Braunschweig, manchmal aber auch in Berlin. Sie liebt Neuanfänge, kleine Fluchten und Papier in jeder Form. Im Job schreibt sie Sachtexte, privat auch gern etwas anderes. Bisher hat sie zahlreiche Kurzgeschichten in Anthologien veröffentlicht.

### Sarah Drews (Pseudonym)
1983 in Hamburg geboren, lebt die Autorin mittlerweile mit Mann und vier Jungs in der Nähe von Hamburg. Sie hat eine klassische Ausbildung in der Gastronomie absolviert. Seit 2016 erweckt sie ihre eigenen Geschichten zum Leben. Inzwischen hat sie verschiedene Kurzgeschichten in diversen Anthologien veröffentlicht. Ihr erster Roman *Magie der Angst – Kimberlys verhängnisvolle Entscheidung* wurde 2018 im *Kelebek Verlag* veröffentlicht.
Mehr unter: sarahdrews.blogspot.de

**Ulrike Eisel**

wurde 1953 in Düsseldorf geboren. Die Autorin ist mit Begeisterung Rheinländerin. Sie hat Biologie und Chemie studiert, war bis zu ihrer Pensionierung Lehrerin für diese Fächer an einem Gymnasium. Das Schreiben kurzer, meist fröhlicher Texte war immer ihr Hobby, natürlich neben ihrer Familie. Inzwischen sind ihre beiden Kinder erwachsen. Heute bildet sie sich in verschiedenen Kursen weiter und möchte mit ihren Kurzgeschichten Freude bereiten.

**Peter Futterschneider**

liebt Theater und Musik. 1995 hat er zum Amateurtheater gefunden und 1999 sein erstes Theaterstück geschrieben, das viele Jahre in der Schublade blieb. Seit 2015 schreibt er neben Theaterstücken Kurzgeschichten und Kinderbücher. Dafür hat der Autor das Projekt GROLLUNDSCHMOLL (eingetragene Marke) angelegt.

Durch das Schreiben bringt er seine Gedanken, Ideen und Gefühle auf Theaterbühnen und in Bücher. Seine Familie gibt ihm Kraft und Inspiration.

Bisher sind 22 Theaterstücke bei GROLLUNDSCHMOLL zu finden. Sie können über den Theaterverlag *adspecta* bezogen werden. Darüber hinaus sind 2017 die Kurzgeschichte *Wolfi* in der Anthologie *Tschüssikowski* von Manu Wirtz sowie die Kinderbücher *Im Land der Leuchtkäfer* und *Prinzessin Grenzenlos* erschienen. 2018 folgte das Kinderbuch *Der Riese Schmoll*. Mehr Informationen gibt es unter seiner Webseite: https://www.grollundschmoll.de/

**Sandra Gertzen**

ist verheiratet, hat drei Söhne und lebt im Siegerland. Sie arbeitet als Buchhalterin. Seit 2014 schreibt sie Kurzgeschichten und erfüllt sich damit einen Jugendtraum. Sie liebt es, in der Natur zu walken und im Chor zu singen.

**Ines Gölß,**

geboren in der Oberpfalz, aufgewachsen in Dachau und München, lebt heute mit Mann und fünf Kindern in Österreich. Da sie schon immer gern gezeichnet und Geschichten vorgelesen hat, wuchs in ihr der Wunsch, selbst einmal ein Kinderbuch zu schreiben und zu illustrieren. 2014 erschien der erste Teil von *Schnecke Ticki und der Zauberer Zippeldapp*, eine Mutmach-Geschichte für Kinder ab vier Jahren. Zwei weitere Teile folgten. Mehr zu ihren Geschichten, Illustrationen und Projekten unter: ines-goelss-zauberbuch.com/

**Aileen O`Grian (Pseudonym)**

Seit Jahren schreibt sie aus Spaß am Fantasieren Märchen, Fantasy und Science-Fiction. Diverse Kurzgeschichten hat sie in Anthologien und Literaturzeitschriften veröffentlicht.

Sie plant, dem Magier Rowan eine Romanreihe zu widmen. So stammt auch *Muran* aus Rowans Welt. Er ist ein Schüler des großen Magiers.

Leseproben gibt es unter: http://aileenogrian.overblog.com/

**Ragnar Guba,**

geb. 1972 in Arnstadt, Thüringen, lebt noch immer in der Nähe seiner Heimatstadt. Der Autor ist verheiratet, hat zwei Kinder, singt in einem Kirchenchor, engagiert sich im örtlichen Kulturverein und unterstützt mit einem Teil seines Honorars das Kinderhospiz Mitteldeutschland.

Seit 1986 schreibt er Gedichte, seit 2014 auch Märchen und Weihnachts-Kurzgeschichten. Mit zwei seiner Märchen erreichte er einen zweiten und einen dritten Platz beim Wilhelm-Hey-Literaturwettbewerb in Thüringen. Mehr zu ihm: https://www.maerchenweberei.org/

**Günther Kienle,**

geboren 1968, wuchs unter anderem mit den Geschichten der kleinen Hexe auf. Auch wenn er heute hauptsächlich Fantasy und Science-Fiction für Erwachsene schreibt, erfindet er regelmäßig Gutenachtgeschichten für seine drei Kinder. Manche davon schreibt er auf.

Mehr zu ihm unter: https://www.facebook.com/GuentherKienle

**Anja Puhane**

Die Autorin aus Mönchengladbach schreibt in diversen Genres bislang meist Kurzgeschichten, von denen einige in Anthologien veröffentlicht wurden. Ihre spezielle Leidenschaft gilt Krimis mit überraschenden Wendungen und oft rabenschwarzem Humor, gerne inspiriert von Kunst, Mode oder interessanten Schauplätzen. Daneben schreibt sie Weihnachtsgeschichten, von denen einige in den

*Weihnachtsgeschichten am Kamin* veröffentlicht wurden. Zurzeit arbeitet sie am Feinschliff ihres ersten Kriminalromans.

**Ivonne K. Wimper,**
geboren 1975, arbeitet als Steuerfachangestellte. In ihrer Freizeit widmet sie sich dem Schreiben von Romanen für Kinder und Jugendliche. Mit dem kleinen Zauberer *Dandelion* hat sie einen Charakter erschaffen, der jung und alt gleichermaßen begeistert.
Die Autorin lebt mit Mann und drei Kindern in der schönen Osterräder Stadt Lügde.

## Illustratoren:

**Dörte Müller,**

geb. 1967, schreibt und illustriert Bilderbücher und Erstlesebücher für Kinder ab dem Kindergartenalter. 2014 erschien ihr Debütroman *Geschichten aus dem Leben eines Aupairs*.

Sie unterrichtet Englisch, Deutsch und Kunst an einer Gesamtschule und lebt mit ihrer Familie in Bonn. Mehr zu ihr unter: https://www.loveleybooks.de/autor/Dörte-Müller

## Lektorin

**Carolin Olivares**

Seit mittlerweile drei Jahren arbeitet die Lektorin mit dem *Kelebek Verlag* zusammen. Die gelernte Ethnologin und Bibliothekswissenschaftlerin lebt mit Mann und erwachsener Tochter in Mainz. Ob als Wissenschaftlerin, Lehrerin, Bibliothekarin oder Autorin – immer hatte sie mit dem Schreiben und Überarbeiten von Texten zu tun. Seit 2016 ist sie ausschließlich als freie Lektorin tätig.

**Mehr zu ihr unter: https://www.olivares-canas.com**